躍崖

區曼玲・著

獻給

禮恩和久恩
我親愛的乖寶貝

序

過去在劇場中的訓練告訴我，能夠讓年紀小的觀眾凝心靜氣、聚精會神的表演，才算成功。《躍崖》剛在腦海中成形時，禮恩十三歲，久恩十歲。她們兩姊妹是我首先試驗故事張力的「白老鼠」。記得當時自己戰戰兢兢、小心翼翼地把故事大綱說給她們聽。禮恩定定坐在椅子上，一動也不動；久恩則在我每一個喘氣的時間催促：然後呢？然後呢？

然後，就是我在她們期盼的眼神中，把故事寫了下來。

期間，她們給了我許多回饋、意見與建議。這兩個小書蟲從小熱愛書籍，在別人家的小孩看電視、玩電腦、聽MP3的當兒，她們埋首書堆中，對小說情結的架構、文字的鋪成有相當的敏感度。

她們喜愛我的故事，對我是一個極大的鼓勵。

《躍崖》敘述一個受憤怒、暴力主導的生命；一個讓人窒息、無法啟齒的祕密；關於失落、悔恨；更重要的，是尋求釋放與重生的可能。

憶起女兒們欲罷不能、探問究竟的眼神，衷心希望她們不是唯一對這個故事感興趣的讀者。

歡迎你們上我的官方網站www.oumanling.org，告訴我你們的想法與意見。

區曼玲

聖誕節前夕

寄自德國

【目次】CONTENTS

下篇 2007年

【目次】

CONTENTS

上篇

南台灣 1985

第一章 搬遷

1

客運巴士的座椅硬如石板，靠背還沾著不知是哪位乘客留下來的便宜古龍水氣味。速度加快，或是轉彎時，車身顛簸、搖晃得特別厲害。偏偏又碰上這位司機，把客車當戰車開——橫衝直撞，如入無人之境！這會兒，車裡「喀喀」作響，像要散了般。搖搖晃晃地下了公路，司機老兄熟稔地飛快轉進狹窄擁擠的巷道，繼續向前奔馳。等到乘客從旋轉、震動，彷彿一場免費的兒童樂園驚險之旅回過神來，沿路上已經開始出現一家家海鮮餐廳的招牌，間或點綴著像電話亭般的檳榔攤。房子矮舊，甚至有些破爛。

所有車窗已經打開，還是難擋溽暑天氣下車裡的燥熱鹹濕。四面八方灌進來的風，把整車乘客的頭髮吹得飛舞紛亂，個個都像個蓬頭鬼一般！

志剛坐在窗邊，忍不住閉上雙眼。他不想認識這個新的地方；他根本不想搬家！但是，抗議有用嗎？他這下不也跟來了？

「幹！」他衝著窗戶罵出聲。

鄰座穿著短褲、露出粗黑腿毛的歐吉桑斜眼瞪過來，表情明明白白地警告他說：「小伙子！別在我面前撒野啊！」隨即朝地板吐了口痰。

2

志剛非常不情願搬來這個在他眼中「鳥不生蛋」的南臺灣小鎮。

過去兩年來，為了躲債，他跟著父親不知道搬了多少個地方。從臺北搬到臺中，再從臺中躲到臺東。國三一年裡換了三所學校，花在課業上的時間還不及搬箱、拆箱的五分之一。

志剛居無定所、心神不寧，高中聯考自然名落孫山。帶著一紙國中畢業證書繼續和老爸四處晃蕩了一年多，當他的出氣筒、跟屁蟲。

後來，一直寄住在南部六伯家念高中的哥哥，光榮勝利地考入附近的國立大學。六伯與有榮焉之餘，想證明自己家的影響好、風水佳，能讓人金榜題名，於是打了通電話給平常避之唯恐不及的父親，很阿沙力地說他決定要救人救到底，何不一併讓志剛遷入他家的戶口，重新試試考南部的高中？

爸爸怕拒絕了六伯的建議，會被笑孬種、沒出息；哥哥聳聳肩，不置可否；而志剛自己只覺得可笑：國中三年究竟學了什麼，他腦袋裡一片空白。硬逼他去考試，簡直就是浪費時間、白繳報名費。

父親看他一副沒志氣的樣子，火冒三丈，硬實的拳頭飛打下來，落得他滿頭滿身。

「要你考你就去考！給我好好準備！」

看見志剛摀著被打腫的臉頰，父親再往他屁股上踹一腳……

3

聯考前一個月，志剛蒐集了一些參考書和歷年考題，死記了一些人名、公式和片語。考試的那兩天，考場上所有人都緊張兮兮、情緒緊繃，只有志剛一人吊兒郎當、滿不在乎。「反正我是知其不可而為之，考得上才有鬼！」他在心裡調侃挖苦自己。

結果卻大爆冷門：放榜的那一天，志剛的名字竟然出現在候補的名單上！爸爸氣得直搖頭，六伯臉色一變，悻悻然走掉。哥哥揶揄說：「唉，連一所爛高中都考不取！」

原本大夥都認為沒希望了，沒想到結果卻再一次跌破所有人的眼鏡：學校竟然寄來通知書，恭喜志剛候補進去。

吊了個大車尾考上高中，爸爸、六伯、哥哥連一句「恭喜」都懶得說。而志剛自己，也說不上有任何喜悅。悲觀的情緒像鬼魅一般，緊抓著他不放。「這下可好！」

他想，「繼續『下放』到南部去吧！臺灣就這麼一丁點大，接下來，大概得跳到海裡去生活了！」

4

抱怨是沒有用的。不知道從什麼時候起，志剛的身上就被一條無形的繩子綁住，時候一到，或是父親，或是局勢，或是命運，就會在繩子的另一端狠狠一拉，不管志剛願不願意，他照樣得乖乖跟著走。

父親從來不去詢問志剛的感受，他總是說：「十幾歲的毛頭小子，有嘴無腦，懂什麼？」母親過世後，父親喝酒更加肆無忌憚。後來又染上賭博，成天不見人影。只有在捅出了摟子之後，才會打電話去南部找哥哥商量、向六伯求救。

志剛覺得自己像個隱形人，在爸爸、哥哥眼裡根本不存在。充其量只能說像那一箱箱的家具：不能丟棄，擺著卻又擋路、礙眼。爸爸、哥哥說向東，他就不准往西。這次他們南下和哥哥團圓，志剛意識到的是，他的桎梏將要多加一條。

5

站在六伯幫忙租的住家門口，志剛提著裝著自己些許重要物件的背包，抬頭看了看這幢老舊的平房。「等著瞧吧！」他不知道在心裡警告誰。「我們不會待太久的！」隨即學剛剛車上的鄰座，「呸！」地一聲，朝地上吐了口痰。

第二章 高中

1

暑假結束後，開學的第一天，志剛穿上彆扭的卡其制服，臭著一張臉，帶著懷疑不屑的心態來學校報到。

高一了？那又怎樣？志剛有一種事不關己的漠然。他不知道接下來的三年要怎麼過、會發生什麼事。「最好，」他想，「就這麼捱著過日子。不要跟任何人、任何事有任何關聯，別人也最好別跟我打交道。誰曉得這次我們會在這兒待多久？反正我也不打算畢業，到時候拍拍屁股走人，管他什麼友誼，什麼閒言閒語?!」

既然滿臉滿身散發著「不要靠近！」的警訊，同學自然也沒興趣去碰這位臺北來的外地生的釘子。開學沒多久，除了志剛以外，其他人很快打成一片，總是用臺語互相閒扯嬉鬧，善用老師進教室前的每一分、每一秒。

2

說到老師，志剛一開始就沒有什麼太大的期望。第一堂課點名時，聽到他們的級任老師把他的名字唸成「自」剛！捲舌音不會發，「志」和「自」都分不清，聽說還是教國文的！這樣的水準，肚臍想都知道不會高到哪裡去！

他想到臺北的英文老師，總是三不五時穿無袖低胸的上衣來上課。那時，他們那群剛剛開始發育的小伙子，上課最大的樂趣，就是研究從老師的胸口與腋下袖口處洩露的春光。

但是，這鄉下地方，應該不會有那種令人血脈賁張、心跳加速的老師吧？想起以前班上因為老師的穿著起鬨搞笑的情景，志剛自顧自兒地笑了起來。

3

就在這時，一位拖著土裡土氣的碎花長裙、頭髮往後梳了一個髻、短小肥胖的歐巴桑打扮的人推門進來。志剛全身像洩了氣的氣球，把兩腿一伸，倚在椅背上。數學課是嗎？祝大家好眠吧！

數學一向是志剛的頭號敵人，什麼三角函數、幾何平方，他搞不懂也沒興趣，能混就混。而這位鄉下老師好像也好不到哪兒去，課不急著上，反倒和學生聊起天來：「暑假都做了些什麼？」「喜歡聽什麼音樂？」「八點檔連續劇看了沒？」連去喝喜酒、看野臺戲都抬出來扯！志剛索性閉目養神，做自己的白日夢去。

沒想到，老師態度雖然輕鬆，眼光卻依然銳利。她注意到坐在後排打盹的志剛，滔滔不絕的話倏地打斷，指著志剛問：「那位同學，站起來自我介紹，讓老師認識一下。」

志剛才剛要進入夢鄉，冷不防被旁邊的同學搖醒：「喂！老師叫你！」他朦朦朧朧站起來，腦子裡只記得入睡前好像聽到什麼「酒席上吃得『金ㄘㄟㄘㄠ』！」的話。一恍神，便脫口說出：「吃青草！」

頓時班上一陣哄堂大笑！「原來這位老兄聽不懂臺語啊！哈哈哈！」「吃青草？還放牛吃草哩！哈哈哈！」

從此，志剛就無奈地獲得了「阿草」這個綽號。

第三章 宏道

1

回到家，紊亂依舊。

這個地方跟過去許多臨時避難所一樣：客廳裡、走道上，總是堆放著搬家時未及拆開的箱子。要用的東西找不到，找出來的東西又不知道要放在哪裡。

志剛一看見這些箱子就胃疼，跟父親一起整理東西更是可怕的夢魘。因為，父親事情一多，忙碌起來，脾氣就特別大，原本已經暴躁的個性更加沒有耐心。而父親一人的牢騷已經夠煩了，哥哥還要在旁火上添油，加入幾句評語，嫌他笨手笨腳、做事不用大腦。

這天晚上，三人如常各自板著一張臉，清那些不得不清理的鍋碗瓢盆、內褲和皮鞋。

這一箱箱的「雞肋」，食之無味，棄之可惜！志剛不明白，更不甘心。「難道要我把所有的青春都花在這種無用的瑣事上?!」越想越不甘心，他憤怒地把手上的槌子隨地一丟，嘟著一張嘴，躲進廁所裡。

看見這間骯髒發臭的廁所，志剛直有一股把尿柱當槍桿，拿來胡亂掃射的衝動。但是，誰曉得爸爸會不會又差他清理廁所呢？還是別給自己添麻煩了。他拉上褲鍊，用藏在馬桶後面的筆在牆上加畫一條線，想算算到下次搬家以前，他一共在這裡撒了幾泡尿。

出去前，他習慣性地在洗手臺上那面模糊的圓鏡前駐足，檢視一下新長出來的好幾顆青春痘，試著去擠擠、捏捏。然後，依然保持那張笑不出來的臭臉走進客廳。

老爸不知何時已經躲到房裡去，翹起二郎腿講電話。哥哥也跑得不見蹤影。「我操！滿屋子的雜亂難道要我一人來整理?!」志剛頓時怒火中燒。「門兒都沒有！」

他兩手插進褲帶，不管夜有多深，甩上門，讓心中的黑暗滲入街上的烏漆裡。

2

「小地方就是小地方，入夜之後就沒什麼戲唱了！」大街上雖然比家裡寬敞，但是志剛的心依然舒暢不起來。放眼望去，只剩幾間餐飲店仍在營業。除了偶爾幾輛路過的機車引擎聲之外，只有一些人家搬把凳子或躺椅到門口，拿著扇子邊聊天邊乘涼的窸窣嘈雜聲響。跟臺北的繁榮熱鬧真是不能比！

在臺北，隨便都能找點事來幹幹：逛逛書店、到唱片行裡聽流行音樂，再不然，躲進戲院裡睡個大覺都行。夜市裡吃喝玩樂應有盡有：來盤臭豆腐、買串燒烤、吃盤雪花冰或滷味，運氣好還能看見殺蛇表演！

但是，這個烏漆麻黑的小地方，卻寂靜得讓人頭皮發麻。他一時不知道要去哪兒，只能看哪裡有光往哪兒去。

3

走著走著，志剛遠遠看見寫著「誘餌、海蝦」的招牌，是方圓五百里內最醒目的發光體。走近一看，才知道原來是一間釣魚用品店。小小的櫥窗，閃著慘白的日光燈。

志剛站在門外，心不在焉，又百無聊賴地觀望。裡頭除了釣竿，其餘的東西他一概看不懂：掛在架上一包包紅色、藍色、黃色的塑膠物品，一些看起來像玩具的彩色假魚，還有螺旋鐵絲、各種像項鍊墜子的金屬……，琳琅滿目。

「名堂還真多！」志剛聽見自己嘟囔著。

這時突然一陣鈴鐺聲，門被推開，從裡面走出來一個少年，手拿著釣竿。

「王志剛！」那少年竟叫出他的名字。

「你是……？」志剛覺得有點尷尬。

「我劉宏道啊！跟你同班的。」

原來是同班同學！志剛突然一陣臉紅。開學多久了？班上他還真認不得幾個人，名字就更不用說了。他從來沒那心思與興趣，只知道有一個上課老愛跟老師抬槓的人，長得嘴歪眼斜，活像個鐘樓怪人。還有幾個尚未變聲完全、不男不女的聲音，他大概可以認得出。另外就是那些喜歡混在一起、專門找碴、取笑挑逗人的敗類，他們的臉他也記得很清楚。其餘的，他就不知道了。這個叫「劉宏道」的傢伙，想必在班上不怎麼出鋒頭，志剛對他真的一點印象也沒有。

4

「出來散步啊？」宏道問。

「……」志剛一時不知如何回答，他不想讓這個不太熟的人探知他的茫然。

「我的粗線沒了，鉤也不夠大，還好他們還沒關門。」宏道和善地說。

志剛用一個勉強的微笑當作回應，想快點掉頭走掉。宏道卻即時拍拍他的肩頭，搖搖手裡的釣竿，熱情地問：「要不要一起去夜釣？」

眼前這人是敵是友，志剛尚且搞不清。但是他想到家裡的那堆箱子、爸爸的拳頭和哥哥的訕笑，心就涼了半截。而繼續在街上這麼晃下去，也晃不出什麼名堂。夜釣聽起來滿新鮮的，於是他抿抿嘴、聳聳肩，再仔細打探一下面前這個身高中等，唇上沾著一根根長短不齊鬍髭的同學，看起來倒沒什麼惡意。於是很不在乎地說：「那就走吧！」

5

通往海邊的路比街上更黯淡。四周寂寥，除了兩人的腳步聲，只聽見掛在宏道腰間的竹製魚籠發出奇怪的聲響。不久，志剛隨宏道拐入小巷道，浪潮聲隱約可聞，鹹鹹的海風吹來，一陣又一陣。

「你也喜歡釣魚啊？」宏道問。

志剛搖搖頭。

「最近我發現夜釣有很多好處。最主要是安靜，念書念累的時候，特別能幫我沉澱心思，消化一下塞進腦子裡的東西。」

「嗯！」志剛敷衍了一聲。事實上，他從沒釣過魚，連魚竿都沒拿過。再說到念書，他也不是那種會挑燈夜戰、K書K到半死的用功學生，所以宏道的話他接不上腔。既然如此，志剛索性以沉默來回答。

「我也只是新手，用的裝備都是最陽春的。」宏道調侃自己。「對了！我也是臺北來的。」

志剛吃驚地轉過頭來看他！心想：「怪不得這人的國語沒帶口音，自己怎麼沒早發現？」

「他們說話你聽不懂沒關係，」宏道繼續說。「我住在這裡三年了，常常還是『莫宰羊』。」

志剛發現宏道的臺語說得不道地，的確有待加強。

「他們也給你取綽號了嗎？」找到了同道人，志剛的興致就來了。

「嗯！」宏道的語氣平靜，「但是那不算什麼。他們還有更狠的辦法對付我。」

更狠的辦法？志剛想問明白。話還沒出口，一陣強風吹來，「呼呼」作響。他抬頭一看，發現他們不知不覺已經走到一座高聳矗立、伸入海裡，底下不斷被海水衝擊拍打的懸崖前。

「哇！好壯觀！這是什麼地方？」志剛好奇地問。

「虎嘯嶺！」宏道回答，「是這一帶海岸最危險的峭壁，據說有幾十公尺高，突出於避風港之外，所以風特別大。崖下又暗潮洶湧，深不見底。即使在本地長大、深諳水性的人，都不敢在附近游泳，聽說出了太多條人命了！要是風平浪靜還好，一遇到天候不佳，從那兒掉下去的人，必死無疑！喂，你聽好了！沒事別爬到上頭去。」

志剛向他扮了一個鬼臉，忍不住停下腳步，再一次抬頭仰望那彷彿穿破天際的峭壁。

而宏道的心思卻已經轉到釣魚上面。「你沒穿防滑鞋，也沒有救生衣，可能會有危險……」他把志剛從頭到腳打量一遍，若有所思。「去堤防那兒好了！」決定好適合的釣魚地點，宏道的興致隨即高昂起來。「運氣好的話，說不定可以從消波塊間釣到龍蝦！」一邊說，他邊加快腳步。

志剛小跑步跟上宏道。看著他穩健瀟脫的背影，志剛不禁在心裡納悶：「這同學好像跟其他人不太一樣。別人取笑我都來不及，而這人，倒會關心起我的安危？」

第四章 黑道

1

志剛第一次釣魚的經驗，說不上什麼成果。不但不見龍蝦的蹤影，連唯一釣到的幾條小魚，也全被宏道放生了。

但是，自從那一晚的邂逅之後，到學校的感覺對志剛就完全不一樣了。至少，教室裡不再是一群沒姓沒名、無臉無形的敵對眼睛，像躲在黑暗森林中，閃爍發亮、伺機攻擊的一群野狼。

2

在上課鈴響完之前，志剛及時走進教室，縮進最後一排的位子裡。

「這鄉下地方就是沒有一件好東西！」他在心裡嘀咕。「桌子上坑坑巴巴，椅子邊搖晃還邊『咯咯』叫！」志剛怎麼調整姿勢都不舒服。胡亂將書包掛上，抽出課本往桌上一丟，這才發現坐在斜對面的宏道轉頭向他微笑。

彷彿亂發脾氣的小孩被逮到一般，志剛有點不好意思，很不自然地抬了一下嘴角，隨即低頭假裝在書包裡亂撈一陣。等到他再望過去時，宏道已經坐正，翻好書本等著上課。

志剛雙手抱在胸前，斜著腦袋，心想：「中午不妨和他一起吃午餐。」

不知道是不是心電感應，第一堂課一結束，宏道竟先志剛一步，過來問：「中午一起找個地方吃便當吧！」

3

這天，豔陽高照。只見志剛瘦高的身影，弓著背，和寬肩闊步的宏道各自拿著便當盒，走到操場邊的一株大榕樹下，兩人盤起腿逕自吃起飯來。

志剛說不上來對宏道的感覺。沒錯，他跟班上其他同學都不太一樣（「那還用說嗎？畢竟是打臺北來的！」），有一種氣定神閒、溫和善意的氣質。但是他的話又不多，讓人捉摸不定。

扒下幾口飯，趁兩人嚼著滿嘴的飯菜當兒，志剛思忖著要怎麼打開話匣子。沒想到宏道又搶先一步：

「上次沒釣到什麼魚，大概是我的技術欠佳。下次我會配個２０００型的捲線器，多帶個鉛錘，換秋刀魚做魚餌。怎麼樣，我們下週末再去試試？我會幫你準備一件救生衣，再帶盞夜釣燈、一些零食。」

志剛聳聳肩，不置可否。其實他對釣魚的興趣不大，這麼安靜的活動，還得乖乖在原地等著、候著，等到灌飽海風，頭都痛了，還不保證一定會有收穫。想想真是沒趣！

但是，不去釣魚還能幹嘛？跟老爸、老哥在家乾瞪眼嗎？家裡那一堆搬家的箱子一天沒清光，他就一天不得安寧——不！即使清光了，老爸、老哥還是找得到理由對他嘮嘮叨叨，要他做這、做那。不做會挨罵，做了又肯定被嫌東嫌西，想到就「賭爛」！

「好啊！」志剛回答。做什麼都比待在家強得多！

4

志剛胡亂扒完最後一口飯，蓋上便當蓋，將身子往後一仰，很舒適地靠在樹幹上休息。大氣尚未喘上一口，手就像反射動作一般，伸入褲帶裡，隨即抽出一包菸，熟練地叼入口中。

「飯後一根菸，快樂似神仙！喂，要不要也來一根？」志剛把整包菸遞到宏道面前。

「抽菸傷身、傷財，還會把牙齒搞得黑乎乎的，百害而無一益。」宏道搖搖頭。

「你小心不要被教官看到了！」

志剛不想聽，揚著頭，不屑地揮一揮手，繼續他的吞雲吐霧。

前方不遠處正走來班上的兩位同學，他們看見志剛，大聲譏諷著：「喂！阿草！吃得ㄘㄟㄘㄠ味？不要黑白來啊！哈哈哈！」

「幹！」志剛往旁邊的草地上啐出一口痰。「這群鄉巴佬，以為會說臺灣話有什麼了不起！有本事怎麼不秀點英文來聽？虎落平陽被犬欺，老子才懶得理他們！」

宏道卻出奇地安靜，一句話也沒說。

「反正跟他們話不投機半句多，還不如一個人好。做個獨行俠，瀟灑自在，也落得耳根清靜。」志剛繼續自言自語。

5

「你知道我這菸的錢打哪兒來的嗎？」過了一會兒，志剛斜眼問身旁已躺下的宏道。

「打工賺來的嗎？」宏道猜測說。

「也可以這麼說啦！但是得來全不費功夫！」志剛非常得意。「剛搬來這兒的時候，我無聊地在街上閒逛。突然有人過來跟我搭訕，問我是不是在找工作，願不願意試試一個輕鬆不費力的賺錢機會？」

「輕鬆不費力的賺錢機會？」宏道懷疑道，「天下沒有這麼便宜的事兒！」

「嘿嘿！就是有！他們只需要你在學校裡替他們拉關係……，就是找人來簽賭啦！可以從中抽成。」

「喂！這事可千萬做不得！」宏道激動起來，「賭博害人不淺你知道嗎?!」

「我怎麼會不知道?!」志剛老神在在，「我老爸就是因為躲賭債，差點沒躲到海裡去！別緊張，老子我運氣好，害人的事用不著我來做！你也知道我的臺語不靈光，試過幾次之後，發現根本打不進同學的圈子裡，所以『業績』很差。後來，他們建議我乾脆幫他們把風算了，必要時跑跑腿，酬勞就是免費的香菸。」

「他們幹什麼勾當，還要人把風？」

「也沒什麼啦！不過是打打麻將、抽抽牌，跟我爸玩的比起來，算是『小咖』的啦！而且來的人都是自願的，不讓進門都不行！警察也只會過來裝裝樣子而已，塞點紅包給他們，他們就一句話也不吭，裝著沒看見。不然，我爸賭得這麼兇，怎麼到現在還沒被捉去關？」

「我勸你還是離這幫人遠一點！哪裡曉得他們沒幹什麼其他非法的勾當？」

「你怕啦？」志剛「噗哧」一聲笑出來，隨手往宏道的大腿上一拍：「你這人，看來是乖乖牌呦！哈哈！」

第五章　小喬

1

其實，吸引志剛去和黑道打交道的，不只是免費的香菸而已，還有小喬。

第一次看見小喬，是在自家門前。

那天，爸爸和哥哥在調整家具位置，而志剛正好抱著一箱垃圾要出去丟。他灰頭土臉，一身凌亂骯髒。這時小喬剛好打門前經過，全身散發一股寧靜、安適的氣質，跟周遭的髒亂嘈雜一點也不搭嘎，像是溽暑下的一陣茉莉清香。

她穿著一件淺藍色連身洋裝，腰間繫了條細腰帶，顯出婀娜多姿的身材。也許是看慣了同齡女生的西瓜皮式髮型，小喬的一頭長髮立刻吸引住志剛的目光。她隨風揚頭撇去額前瀏海的那一刻，在志剛腦海裡定了格。當下，他的心，就這麼「呼嚨」一聲，被揪走了！

心被偷走的人，理智也很難健在。只見志剛像隻哈巴狗，傻楞楞地跟在小喬後面，為的是想多看幾眼她的背影、聞聞她的髮香。

只可惜髮香剛剛抵達鼻尖，哥哥就在身後叫住他，要他別偷懶落跑，還不趕快進去幫忙搬重死人的衣櫥！

真是無奈啊！只能當作一場美夢，是老天爺因為良心不安，在加給他這許多霉運與不幸之後，賜給他的美麗風景。而美麗風景，好比夕陽或晨曦，不都是短暫、稍縱即逝的？

2

他沒有料到的——應該說是不敢奢望的——是能夠再看一次這幕美麗風景。

那天，他坐在黑道那夥人聚集賭博的小木屋門前，窮極無聊地吸著菸。裡面照例呼吆喝六，傳來「唏哩嘩啦」的搓麻將聲。那些聲響對志剛來說，已經熟悉得不能再熟悉，甚至到了「聽而不聞」的境地。

但是，今天有一個不同的聲音、不同的名字，老大突然大喊：「小喬！倒水來！」

志剛不經意地轉頭朝那聲音的目標看去……「老天！這不是真的吧?!」他把只抽了幾口的菸往地上一丟，揉了揉眼睛。沒錯！這廂托著一個餐盤，慢步輕聲從茶水間走進來的，正是那個讓他魂牽夢縈的長髮女孩！

老大叫她什麼來著？小喬？小喬！天籟般的名字！志剛的一顆心像脫韁的野馬，胡碰亂撞。他不由得吞了吞口水，急忙把將要跳出的心，強嚥回原來的位置。

這時和志剛輪班、右臉上有著難看刀疤的俊哥走出來。

「幹！熱死人的天氣，還得蹲在這兒……」

「那女孩是誰？」志剛不等俊哥發完牢騷，打岔問。

「女孩？什麼女孩？」俊哥被這突如其來的問題搞迷糊了。

「就是送茶水進去，頭髮長長的那一個啊！」志剛揚起眉頭、抬高下巴，透過門縫指向小喬。

「她呀？是老大的女兒。」

「以前怎麼從沒見過？」

「人家可是堂堂的大學生！平常住校，週末才回來。」

「大學生？那她還跑來賭場幹嘛？」

「老大叫她來，她能不來嗎？你沒看她一臉心不甘、情不願的樣子！」俊哥幸災樂禍地奸笑。「你知道老大怎麼說嗎？」他清清喉嚨，裝模作樣學老大的口吻。「『你以為考上大學就了不起？翅膀硬了，是不是？我告訴你：就算你當上總統，還是我的女兒！老子要你刷馬桶你也得遵命！』嘻嘻！看他們父女倆鬥嘴，挺有意思的！」

志剛的雙眼，像蒼蠅黏著蜜糖，直盯著小喬瞧。

「一見鍾情，大概就是這麼一回事兒吧？」從志剛的心底，暖暖升起一股溫柔的、不曾熟悉的、叫人有點驚慌的浪漫。

「知道能在這兒找到她就好辦！」

志剛當下決定：非把小喬追到手不可！

3

從此，志剛跑賭場跑得特別勤，只要能看見小喬，免費替俊哥值班他都願意。

剛開始，他因為小喬大學生的身分，自知自己相形見絀，難免有點自卑。第一次鼓起勇氣去茶水間跟她搭訕時，還本能地拿哥哥當擋箭牌：

「聽說妳是××大學的？我哥也在那兒！」

小喬沒有答腔，她對在賭場出沒的任何人都抱著鄙夷的態度。

「念什麼系的？」志剛既然豁出去了，哪有這麼快就打退堂鼓的道理？

小喬轉頭瞄了一眼理著平頭的志剛，臉上的表情寫滿：「高中生不好好念書，跑來這裡浪費時間！」正想端著盤子出去時，因為轉身過猛，差點把手上的茶壺打翻。志剛即時扶住小喬，卻笨拙地把自己那顆堅實、幾乎光滑的腦袋撞了過去！

他自己顧不得痛，滿耳滿腦只聽見小喬「唉呦！」的嬌嗲聲，感覺到小喬呼出的氣息。而小喬在近距離之下打量著志剛，才發現他滿臉通紅，一臉尷尬無措的模樣。

「對……對不起！」志剛從不知道自己講話會結巴。

小喬覺得又好氣又好笑，半心半意地瞪了他一眼，隨即拉拉衣裙，還是一句話也不說，自顧自地推門出去了。

「好個有個性的女孩！」志剛不由自主地笑了出來。「我喜歡！」

第六章　心事

1

四月的南臺灣已經相當炎熱，正午時路上人煙稀少，到了近傍晚，才出現穿著短褲、拖鞋的絡繹人群。

宏道與志剛約好在釣具店門口見。今天的天氣不錯，若早一點下竿，或許運氣會比上次好一些。

海邊早已經聚集了一些人，除了靜候大魚上鉤的釣客之外，還有不少手牽著手來看夕陽的情侶。

宏道顯然對附近的海域很熟悉，他找到一個僻靜的靠海岩塊，放下肩上的釣魚用具，很專心地處理起魚餌來。

「看來喜歡釣魚的人真不少，我以前從來沒注意到。」志剛手插著腰，環顧被他們甩開的其他釣客。

「我也是最近才發現釣魚的魅力。倒不完全是因為新鮮的魚比較好吃，而是在於整個準備、等待、守候、收穫的過程。」宏道用力朝海裡拋竿，隨後將釣竿固定，並從背包裡抽出一件救生衣給志剛。「哪，穿上！跟我爸借的。」

志剛接過手來，左看看、右翻翻，只覺得這樣鮮豔的橘色背心穿在身上，一定非常滑稽。而且，對他來說似乎稍嫌大了一點。

「別看了，又不是要你去選美！安全最重要！」宏道看他猶豫的樣子，已經猜出他對救生衣的嫌棄。

志剛明白宏道的好意，但是他厭煩老是被人耳提面命。那些要他注意這兒、小心那兒的話，在家裡和學校聽多了！奇怪的是：所有的規勸與管教都起不了作用，別人越是嘮叨，他就越想反叛。此時宏道的善意只惹來他在心裡嘀咕：「怎麼出來釣個魚，還要被你這麼婆婆媽媽地管著?!」

想到這兒，他索性把救生衣往地上一扔，開始脫起衣服、褲子來。

「你幹嘛？」宏道驚奇地問。

「你聽說過游泳健將下水還穿救生衣的嗎？」

「你要游泳啊？」

「趁天還沒黑，咱們下水涼快涼快！」

說時遲、那時快，志剛已經跳下水裡，不斷濺起水花潑向宏道。「你也下來呀！又用不著守著釣竿！」

宏道坐在原地不動，朝水裡大喊：「你游你的吧！」

不待宏道把話說完，志剛已經潛入水裡，像隻快樂的海獅，身手矯健，看得出是能在水裡自得其樂的高手。

「你的泳技很不錯哦！」宏道語帶羨慕。

「那還用說！我以前是游泳校隊，要不是被迫常常搬家，可能早就進入國家代表隊了！」志剛既自豪又遺憾。

夕陽的餘暉把海水染成一片金黃，志剛的身影在這片金碧輝煌中，顯得出奇地渺小。他漸游漸遠，不久，便完全從宏道的目光中消失。

2

許久，宏道獨自坐在海邊，守候著魚竿，等候志剛的歸來。

他早就聽說志剛的游泳技術不錯，而且今天風平浪靜，所以他並不擔心志剛的安危。倒是天色漸漸暗了，恐怕志剛找不到他所在的位置！

宏道趕忙把夜釣燈打開，並伸手進入背包裡，把手電筒拿出來，希望志剛看得懂他用亮光打出的信號。

3

「你這傢伙！窩在岸上發呆啊？」

天色暗下來之後，志剛不期然地出現在宏道身後，響亮的聲音著實把宏道嚇了一大跳！他不曉得什麼時候從別處上了岸，現在跑到宏道旁邊，又抖又跳地想把身上的海水滴甩乾淨。

「喂！我可不想在這兒淋浴吔！」宏道擦掉志剛噴在他臉上的水滴，一邊趕緊在背包裡找毛巾。

「呼！真痛快！你怎麼沒跟來？」

「趕快把身體擦乾！」宏道把毛巾丟給志剛。

「有時候我真巴不得是一隻海豚或鯨魚，就算是海龜都比當人強！」志剛一邊在腋下擦揉，一邊意猶未盡地說。「怎麼？還沒魚上鉤啊？」

「沒有！」

「就跟你說嘛！還不如跟我下水游一趟……」

「我不會游泳。」

「什麼？」志剛不敢相信自己的耳朵！但是，看宏道沒在開玩笑的樣子，他不禁「噗哧」一聲笑出來。

「你不會游泳?!住在這個靠海的小鎮上，說出來不笑掉人家的大牙才怪？哈哈哈！你小心別讓班上那群敗類聽到了！」

「他們早就知道了，也已經在這上頭大做文章了！」

「是嗎？」志剛停住笑聲。「他們怎麼整你？說來聽聽！」這會兒他已經挨坐到宏道的身邊。

宏道搖搖釣竿，氣定神閒地說：

「國二時我從臺北轉學過來，不久，全班在海邊舉行游泳比賽。這對在海邊長大的同學來說，根本不是問題。但是我卻因為不會游泳，無法參加。」

「他們一定沒放過你吧？」志剛賊頭賊腦、插嘴問道。

「口頭上，他們喊我『城市雞、旱鴨子』。有一次我放學回家，發現門口放著一艘祭拜死人用的紙船。爸媽和我覺得很奇怪。隔天到學校，同學們看到我就指指點點、猛傻笑。我走去上廁所，突然有人從後面喊過來：『如果海水上漲，不會游泳沒關係，至少有船可坐！』接著一陣哄堂大笑。我這才明白是怎麼一回事。」

「簡直欺人太甚！」志剛替宏道憤憤不平。

「那之後不久，有一天放學時，我發現身後跟著一堆同學，但是我沒想太多。經過那兒時，」宏道指著不遠處的虎嘯嶺，「他們突然圍上來，抓著我的手腳，直說：『把他抬到虎嘯嶺去！』」

「幹嘛？」志剛的嘴張得好大。

「他們把我抬到懸崖邊，在空中晃啊晃的，作勢要把我丟到海裡去。」

「沒有人站出來替你說話嗎？」志剛不敢相信有這麼惡毒的人。

「我只聽到『哈哈哈』的笑聲，有人甚至提議要過來摸摸我是不是嚇得屁滾尿流……」宏道苦笑一聲。「那是我第一次聽到『虎嘯嶺』這個名字。」

4

志剛看看矗立在海裡，那高聳又威嚴的虎嘯嶺；再看看宏道，一時之間，不知道該說什麼才好。奇怪的是：宏道卻始終心平氣和，像是在說天是藍的、草是綠的，一副事不關己的模樣。

「沒想到你的國中同學比現在的還狠！」

「現在班上大部分的人，正是我國中時期的同學！」

志剛傻眼了。許久，才聽見他憤恨地吐出：「這群井底蛙，就曉得團結起來欺負人。事實上全是孬種！」

「我們也好不到哪兒去！」宏道平靜地回應。

「你說什麼？」志剛差點跳了起來！宏道是不是發燒了？講話牛頭不對馬嘴不說，還把自己跟那群欺負他的人混為一談！

「別把自己想得太好，王志剛！如果把你和他們的處境交換，說不定你也會做出同樣的事、說同樣的話。」

「這太扯了吧！你以為我像他們一樣沒品?!」

志剛越聽越生氣，抓起身邊的石頭往海裡狠狠丟去！

「你先別激動，」宏道安撫說，「我當時的反應也跟你一樣，不知道該如何擺平心裡的憤怒與羞辱。好一段時間，我把自己封閉起來，不跟班上的任何人交往。我爸媽一直勸我，要我去原諒，可是我始終無法釋懷。」

「後來呢？」志剛嗅出此事尚有下文，亟欲知道接下來發生了什麼事。

「後來，我代表班上參加書法比賽，得到全校第一名。然後再代表學校參加全縣的比賽，也拿到冠軍。就這樣一路比上去，直到我拿到全省國中組書法比賽的亞軍為止。」

「所以，大家就對你肅然起敬、刮目相看了，對不對？」志剛下結論。「我不是跟你說嗎？他們全是一堆牆頭草、拍馬屁的狗屎！」

「你錯了！改變的人是我，不是他們。」

「怎麼說？」志剛的憤恨再一次被踩了煞車，發展不下去。

「得到全校書法冠軍之後，我發現自己不再像以往那麼膽怯與畏縮。專長受到肯定，對我自信心的提升有極大的幫助。」

「那是好事啊！」

「沒錯！但問題是：自信心讓我肯定自己，也膨脹自己。尤其在我連連過關斬將、為學校奪得榮譽、各科老師都對我讚許有加之後，我發現自己上課敢發言了，講話聲音變大了，就連走路都虎虎生風！」

「嘻嘻！沒想到你也有臭屁的時候！」

「你沒想到的事還在後頭呢！」宏道深吸一口氣，好像接下來要說的，極難讓他啟齒。「就在我在書法方面漸漸嶄露頭角之後，我們的國文老師每次來上課，都滿面春風、與有榮焉。得到全省書法亞軍後不久，有一次他索性讓我來教同學寫書法，一堂課四十五分鐘全看我一人表演。」

「哇！你成了風雲人物啦！」

「我一開始還扭扭捏捏。但是，站在臺上，看到全部的人都用仰慕、期待的眼神看我，像舞臺上的聚光燈，只打在我一人身上，周遭所有的一切全都黯淡無光。而且，不論我說什麼，他們都洗耳恭聽、全盤接受。那種感覺，好像自己頓時大權在握，只能用『爽斃了！』來形容。」

志剛笑笑，不由得往宏道的膀子上打了一拳！

「我先在黑板上講解字形的安排、說明拿筆的方式、下筆的筆觸、力道等等技巧。然後老師要我走到每個人的座位邊，親自教他們寫。

那時，班上除了我以外，還有一個轉學生，平常也是安靜無聲、只有受人欺負的份。輪到他時，我發現他根本不會拿毛筆，寫出來的字歪歪扭扭、其醜無比！頓時我找到了發揮的機會，對他大聲批評斥喝，完全不顧人家的面子。我很不客氣地命令他重新磨墨、再來一次。他遵命地寫完兩個字之後，我又藉機恥笑、讓大家明白他有多笨！最後，我索性搶過他的毛筆，想示範『大師』的手法技巧給他看，卻因為動作粗魯、用力過猛，墨汁噴了他滿臉滿身……」宏道突然語塞，有點哽咽。

「全班一陣哄堂大笑，包括老師在內，沒人責怪我一句，反而指著那位同學，拍桌子笑得人仰馬翻！而我……，我竟然也沒有絲毫歉意，還在全班的鼓動造勢下，變本加厲，往那位同學頭上打了一下，輕蔑地說：『繼續練吧！』」

5

宏道敘述到此，聲音越來越小，幾乎說不下去。志剛也收起玩笑的心態，低頭沉默不語。

「班上就只有我們兩個外地生，按理說，我應該是最能了解他的處境、最應該支援他的人。結果，我不但沒有憐憫、幫助他，反而還拆他的臺、增加他的痛苦……我真為自己的卑鄙感到羞恥！」宏道毫不隱瞞。

「唉呦！你把他噴成黑人又怎樣？他們還詛咒你死，拿你的性命開玩笑呢！你別小題大做了好不好?!」志剛覺得宏道根本沒必要內疚。

「我不這麼認為，」宏道語氣堅定地說。「壞事或許有大有小，但是，邪惡就是邪惡，傷害一樣會造成。只可惜我覺悟得太遲，那位同學後來又轉回臺北，我們失去了聯絡。一直到今天，我都還沒機會向他道歉……

這件事讓我恍然大悟：其實我跟那些陷害我的同學一樣，也是一個驕傲的臭屁蛋！在游泳方面我沒機會，只能乖乖被人欺負、取笑。但是，說到寫毛筆字，我因為得了獎、受到肯定，就成了我看貶別人的一項武器。有的人長得帥，有的人身材好，有的人是功課厲害。我仗著書法冠軍的頭銜，一逮到機會，也喜歡看輕、壓倒別人，好證明自己的優勢與高貴。

這個認知，讓我深刻了解到『驕傲』的摧毀力。而這個摧毀力，不僅在同學身上，也同樣在我身上！了解到這點以後，我突然能完全放下心中的恨意，改用一種憐憫、饒恕的態度看待他們的輕蔑。從此以後，我決定全力抵抗驕傲，不論是別人的或自己的。並且，我也拒絕把自己的價值建立在別人的評價上，容許別人來左右我的幸福與快樂。」

宏道的一席話把志剛搞得啞口無言，他一貫的反叛本能又從心底升起，但是這次卻找不到話來回應。

「你知道嗎？」宏道繼續說，「驕傲是一種精神癌，它會奪去你愛的能力，讓你永不滿足，甚至讓你失去理智。因為驕傲，你就一直想和別人比較。比輸了，就沮喪；比贏了，就變得更狂妄、自大。」

說著說著，宏道拿出準備好的餅乾和可樂給志剛。「大部分的人只知道注重飲食的均衡、健康，卻忽略了心靈的食糧。如果你老是用驕傲、苦毒、不滿、怨恨等等負面情緒來餵養你的靈魂，時間久了，不僅你自己會生病不說，連帶你周遭的人也會遭殃。」

6

志剛聽得有點厭煩。什麼饒恕、憐憫，現在連「心靈、靈魂」都搬出來了！

他疑惑地看著宏道，不知道該如何給身邊的這個人下定義。論外表，他是一個跟自己一樣理著平頭、長著青春痘、涉世未深、發育尚未完全的高中生。但是論想法，或者應該說氣度，他卻像一個飽經世故、洞悉人性的學者。

令志剛不解的是：《公民與道德》、《論語》或《孟子》，他不是沒讀過、沒考過，但是他總認為那些只是應付考試的教條規範，誰會當真？可是這小子，說得自自然然，彷彿是出自內心裡真正的信念，完全沒有來自外在的束縛。

他以前總是想：「這些不切實際的道德限制與訓誡，全是廢話，只有外星人才會去實踐。」沒想到這樣的外星人現在竟讓他遇上了！而且這人不是什麼山上的隱士、廟裡的和尚，或路上化緣的尼姑；這人竟然是自己的同班同學！

「難怪他走起路來有一種說不出的氣派。」志剛暗地裡羨慕起宏道的灑脫。他也渴望有一份如此的肯定與堅強，山倒了、天塌了都嚇不了他的氣概。

7

然而，志剛心裡雖然這麼想，嘴巴上卻說道：「別這麼老氣橫秋地！你瀟灑?!我可做不到！」

「要不要知道祕訣？」宏道向志剛眨眨眼，「他們越是嘲笑譏諷我，我就越努力祝福他們。」

「什麼?!你是不是頭殼壞掉了?!」志剛敲敲宏道的腦袋。「我詛咒都來不及，還祝福呢?!這些敗類，還祝他們長命百歲、多子多孫不成？扯！」志剛不可思議地搖搖頭。

「剛開始當然很難，」宏道解釋說，「但是，我知道自己並不比他們好到哪兒去，面對邪惡時，我們都一樣軟弱。於是我試著養成一個習慣……」

「什麼習慣？」

「就是當心裡升起仇恨的念頭時，馬上對自己說：『不要向邪惡低頭！』然後逼自己去原諒、接納別人。」宏道咬一口紅蘿蔔。「現在你一定在想：『這人是瘋子，不然就是神仙轉世！』哈哈！」他的表情放鬆下來。「說來你肯定不會相信，但是，這些一開始看起來是極其吃力、不可能的道德修養行為，在不斷地操練之後，竟然變成非常自然而然的事了。現在，我根本不必去想什麼道德不道德的問題，反而成了一種反射動作了。」

「我的反射動作就是先給他們一拳，然後再朝他們臉上吐一口痰！」志剛連說帶動作，好像他的敵人就在眼前！

「你越是殘忍，就越充滿恨；越充滿恨，就越殘忍。這是一種永無止盡的惡性循環。」

志剛想反駁，但是話到嘴邊又給吞了下去。他想到自己確實常常被恨意折磨得幾乎要窒息。他總是依著本性去反應，結果痛苦受罪的全是自己。

宏道在班上雖然不是特別起眼，話也不多，但只要一開口，大家都洗耳恭聽。即使那些跟他不太熟的人，好像對宏道都有一分尊敬，甚至可以說是敬畏。以前他不明白，現在他似乎看出了點端倪。

他轉頭瞄了一眼宏道，發現他忘著遠方，眼神與嘴角都透露著滿足的笑意。

8

兩人靜默著，只聽見潮水拍岸的「噗噗」聲響……

志剛點燃一根菸，翹起二郎腿。不知怎麼地，他想起了小喬。

「喂！你有沒有女朋友？」志剛問。

「沒有。」

「從來沒有？」

宏道搖搖頭。

「那你還是處男嘍？嘿嘿！」志剛把口裡的煙長長吐出。「看來你也沒有祕笈可以傳授。」他的語氣認真起來。

「怎麼？你有對象了？」

「我認識一個女孩，很想『把』她！」

「是哪個學校的？」

「啥學校不重要！我只認定她上賭場學校。」志剛半開玩笑地說。

「賭場學校？喂！你倒是把話說清楚！」宏道急了。

「她叫做小喬，在賭場那兒替人倒茶水。」

「啊！我聽過這個女孩。她不是那個凶神惡煞的地頭蛇的女兒嗎？」

「管他老爸是誰！唉！說也奇怪，她人長得清秀，安安靜靜地，絕對不會讓人跟那群沒水準、沒教養的大老粗聯想在一起。只是……」

「只是什麼？她給你碰釘子了？」

「女孩子嘛！含蓄矜持倒也不是壞事，比較麻煩的是：人家是大學生！」

「那她年紀比你大嘍？」

「也大不過一兩歲吧？算不了什麼！但是，她老愛搬出大學生的好處來炫耀。站在她旁邊，總覺得低她一等。」

「我勸你還不如好好念書，等考上大學之後，就可以跟她平起平坐了！」

「開玩笑！我現在才高一吔！考大學還要等多久！到時候她不早就名花有主了！再說，我也沒興趣考什麼大學。」

「快別說這種洩氣的話！只要好好努力，誰都有機會上大學的。我想你爸媽也不會贊成你在這時候交女朋友吧？」

「別提他們！反正我做任何事他們都看不到，看到了也不順眼。我爸恨我恨得要死，嫌我丟臉、礙事。我根本沒必要去討他的歡心、取得他的同意。」

「你媽呢？」宏道問。

「死了！」志剛故意一語帶過。「算她運氣好！嫁給這麼一個不負責任的人，整天只會對她大吼大叫，她的日子一點也不好過。」

「你不是還有個哥哥嗎？」

「說到他我就一肚子火！他跟我爸一個調調兒。我爸寵他、給他做靠山，他就肆無忌憚，對我頤指氣使。考上大學後，他就更臭屁了！眼睛長到頭頂上，鼻子整天翹得高高地。我就不懂，大學生有什麼了不起？」

「我也不認為他們比其他人了不起，但是這並不阻礙我想考大學的決心。念書是為了裝備自己，讓自己更有能力去服務人群……」

志剛這下受不了了！怎麼這人不僅老氣橫秋，還八股死板！未待宏道把話說完，志剛插嘴道：

「要考你去考，我沒興趣！等高中這三年熬完之後，我就放牛吃草，拍拍屁股走人！」

這時，釣竿動了一下，好像被誰猛力一拉。宏道趕緊起身抓緊釣竿，還一邊呼叫志剛過來幫忙。看來有一條大魚上鉤了！

今天，他們的運氣果然不錯！等到收拾完東西，準備打道回府時，魚籠裡已經裝著兩條白帶魚、一條黑鯛、一條石斑。

9

回去的路上，宏道突然問志剛：「有時間的話，可不可以請你教我游泳？」

看到志剛臉上一副恍然大悟、作勢要發出「哦……！」的樣子，他緊接著說：

「別誤會！我不是為了雪恥，而是想藉著游泳，更多認識這個美麗的海岸。聽說這附近的海域有很漂亮的熱帶魚。」

「什麼美麗的海岸?!這個鳥不生蛋的地方！喂！你是不是被他們洗腦啦？這群鄉巴佬、井底蛙，還不知道臺北好玩的東西比游泳多得多哩！」

「你為什麼老是覺得自己打臺北來，就比這兒的人高一等呢？」宏道對志剛的瞧不起人感到莫名奇妙。「臺北的確有它迷人的地方，我在那兒出生長大，擁有許多美好的回憶。但是，我也愛這個小城、愛這裡的人……」

「你別噁心了好不好？什麼愛不愛的?!天底下根本就沒有『愛』這回事。說到底，大家都只愛自己，都在找自己的利益。」

「那你對小喬的愛呢？也是自私的嗎？」

「別把小喬扯進來！跟她一點關係也沒有。」不知怎地，宏道的話讓志剛覺得很受傷，一直到家門口為止，他都不再開口說話。

第七章 墮落

1

為了見小喬，志剛每到週末就迫不及待往賭場跑。他知道老大規定小喬必須在週末回家，待在賭場幫忙，直到星期天晚上才放她回學校宿舍。如此一來，週末就是保證志剛能見到「夢中情人」的日子！

小喬不是不知道這個高中小伙子對自己的傾慕與好奇。但是，對大一新鮮人來說，愛情的大門正為她敞開，校園裡向她獻殷勤、發邀約，替她佔位子的學長、同學多得是。正享受著被異性眾星拱月、體貼奉承的嬌寵，小喬沒必要、也不打算給任何人承諾，把自己固定下來。

她多麼希望能像班上其他人一樣，週末去參加舞會、看電影、泡Pub。無奈啊！父親竟這麼嚴格地管著她、限制她，逼她在這間髒亂、烏煙瘴氣的賭場裡幫忙！小喬覺得自己一個堂堂大學生，簡直就是被那些狐群狗黨給糟蹋了。

在送茶、清掃的空檔，還能做什麼呢？她窮極無聊之餘，索性就和志剛打情罵俏，捉弄捉弄這毛頭小子。看他被自己的舉手投足著迷得神魂顛倒的樣子，虛榮心多多少少能獲得滿足。在這間陰暗發霉、醜陋不堪的屋子裡，勉強算得上是給自己的微薄犒賞。

2

這天，老大因為輸牌，火氣一來，當眾對動作稍微慢了一點的小喬大吼大叫，把她當三歲小孩一般貶損，還差點拳打腳踢。小喬死命咬著下唇，在心裡狠狠咒罵著，忍住奪眶欲出的淚水，回到茶水間。

門一推開，小喬便瞧見在一旁像隻哈巴狗忠心等候著主人發號司令模樣的志剛。此時報復的心理突然找到了發洩的對象。她把手上的餐盤往流理臺上一丟，豁出去般晃晃蕩蕩地走到她的仰慕者面前。

志剛的心立刻「砰砰」然，彷彿就要跳出來了！跟小喬比起來，他不僅年齡小上一截，在與異性相處的經驗上也遜色許多。小喬是他的唯一，是他朝思暮想的美麗鮮花，是他夜裡激情幻想的對象，是他……

小喬一步步走到他面前來了，小喬的鼻尖碰到他鼻尖了，小喬伸出舌頭來舔了舔他的耳垂，然後，一下子一口含住了志剛的整個耳朵……在志剛再次搞清楚東西南北之前，一雙甜滋滋、豐厚的雙唇已經貼到志剛顫抖的嘴上。

啊！天堂就是如此這般！

志剛吸吮著，舔舐著，不能自已，不願壓抑！他要得到這個女孩！他要這個女孩！他要摟她入懷，他要進入她體內！他要那種溫暖濕熱、膨脹銷魂、緊縮爆發的感覺！

突然，老大推門進來。「砰！」的聲響把兩個年輕人嚇得魂不附體！小喬猛地把志剛推開，而志剛原本在小喬背上摩娑著的雙手，也趕緊遮住褲襠，深怕其下的生理反應會洩露自己腦海中不可告人的祕密。

只見老大瞪著一雙牛眼，臉皮搐動，一言不發地抓起小喬的手，把她推出門外。然後，一臉兇惡地走到志剛面前，提起他的衣領，用粗嘎深沉的嗓音警告說：「癩蝦蟆想吃天鵝肉?!不要再讓我逮到！」隨即猛力打志剛的腦殼一下，一邊高聲吼道：「還不快給我滾！」

3

大街上，陽光燦爛！

志剛雖然挨了罵，卻快活似神仙。整個人彷彿長了翅膀得以自由飛翔的小鳥般，開開心心地一蹦一跳著回家。

從這天起，他便認定小喬是自己的女朋友了。

學校裡的生活逃不掉聯考、升學率的壓力，間隔稠密的各科小考、段考、模擬考，把大夥兒壓得喘不過氣來。雖然這個班上普遍地成績不怎麼樣，校方並不指望他們來拉高升學率，但是大部分的同學還是遵命讀書，放學後留校自習。

近來，宏道注意到志剛氣色不太好，不僅上課沒精神、打瞌睡，還常常在考試時缺席。

有一次，化學老師來個臨時隨堂測驗，志剛逃不掉，只好硬著頭皮、對著天花板發呆，撐完那難熬的四十五分鐘。隔天發還考卷時，老師雖然沒有明說，卻非常明顯地依照成績高低，喊名字叫人上前領回試卷。

班上四十三個學生，志剛的名字最後被叫到。他意興闌珊地從教室後排晃到講臺去，老師憤怒地搖著頭，看也不看志剛一眼。同學間交頭接耳、竊竊私語，臉上盡是勝利的表情和鄙視的眼神。

志剛沒好氣地回瞪同學，低頭一看，發現考卷上紅字連篇。

5

這一切，完全沒能逃得過宏道的耳朵和眼睛，他暗暗為志剛憂心。

放學後，宏道走到志剛身邊，想陪他走一段，志剛卻沒有心思搭理。這時候的志剛，覺得只有香菸才是自己最好的知己。

「你還在替那幫人跑腿嗎？遲早要出事！」宏道終於忍不住開口說。

「會出什麼事？」志剛滿不在乎地吐出一口煙。

「看你最近老是無精打采，睡太少了對不對？」

「這種無聊的上課方式，不打瞌睡才怪！」

「你好歹也隨便聽一聽啊。晚上不早點睡，跑去賭場耗時間，對你一點用處也沒有。」

「你懂什麼？要說到用處，那些三角幾何、化學鹵素什麼的才沒用！」想到剛才在公眾面前受到的羞辱，志剛的火氣倏地冒了上來，一股腦兒地全發洩到宏道身上。

「請問，我們每天死記的東西跟現實生活有什麼關係？還不如江湖道上的人，他們可重義氣哪！上一次，我不是睡過頭，第二堂課才到學校嗎？我老哥知道後，跑去跟老爸通風報信，結果兩人聯手，把我罵得狗血淋頭。我聽得不耐煩，跑了出去，我操！你猜怎麼著？他老兄竟然追到大街上繼續罵！一點面子也不留給我！這時，俊哥──就是那個跟我一起把風的──正好經過，趿拉著一雙拖鞋大剌剌地走過來。他看我一臉很『幹』的樣子，就問我：『怎麼回事？』你知道嗎？人家不過張開嚼檳榔的血盆大口，把手往腰上一插，我老哥就屁也不敢放一聲，悻悻然走掉了！你說，他不是欺善怕惡是什麼？功課好又怎樣？考上公立學校又不能保證你將來飛黃騰達。看見道上兄弟夾著尾巴就跑，呸！真是沒種！」

「唉！留點口德！他畢竟是你哥！」

「我才不稀罕這個哥哥呢！他是我的心頭恨！哪天他死了，休想我去給他送葬！」

「這話太狠了！志剛，心頭恨遲早會把你毀掉！」

「你知道嗎？我爸可以一個禮拜不跟我說上一句話，開口就罵人、數落我的不是。說什麼：『我怎麼會生出你這樣一個兒子，兩個兄弟竟然會有如此天壤之別！』老是一個勁兒地說我哥的好處。其實他有什麼好？還不是馬屁精一個！不過是功課好罷了！騙鬼啊！成績能當飯吃嗎？以為現在還是科舉時代啊?!」

「志剛，你先消消氣，不要口無遮攔！我想你爸和你哥……」

「好了、好了！別再嘮叨了！我家的問題你不會懂，跟你說也是白說。」

6

在學期結束之前，志剛成了老師、同學眼中破壞班上名譽、拉垮全班總成績的壞份子。

級任老師約他家長面談，志剛的父親因為知道自己的面子反正掛不住，在老師面前也就沒有什麼好臉色。當老師要求他監督志剛每天準時上學時，他甚至沒好氣地說：「老師，你以為我在養烏龜還是兔子啊？十六七歲的孩子手腳快得很，有時候連我自己都好幾天看不到他，誰知道他死到哪兒去！」

7

志剛唯一的希望，或者說是樂趣，就是週末和小喬的相聚。然而，小喬對他卻是若即若離，讓他捉摸不定。剛開始，志剛以為是女孩一貫的矜持與害羞；後來，他才漸漸地從她幾乎已經成了口頭禪的「你懂什麼？」，以及從不正眼瞧他的表情中，察覺出她的輕蔑。

但是，他無力逃出那張已然罩住了他的情網。不論小喬如何在話語中貶損他，或者有意無意地老是拿大學生活的自由、多采多姿來炫耀，志剛都不願離開她半步。

「你去問你哥就知道，」小喬得意地說，「上課遲到有什麼了不起？這是我們的自由，教授也不能把你怎麼樣！」

「我哥上課也會遲到嗎？」志剛以為捉到了哥哥的小辮子。

「我哪兒知道！又不跟他同班。不過，聽說他在校園裡挺『罩』的，很多女孩欣賞他。」

「狗屁！那是因為他們不認識他的真面目，都被他虛偽的外表給騙了！」志剛受不了別人對哥哥的讚美，尤其聽不得小喬誇獎哥哥。

「我倒覺得他人挺紳士的。上次，我們搭同一班車回來，他還幫我提行李呢！」

「別說了，我們去看場電影吧！剛上映的新片，聽說好像有得到奧斯卡獎哦！」

志剛一心想轉移話題，摟著小喬的肩，不由分說地往前急走。

但是小喬顯然依舊停留在剛才的思緒中，沒走幾步，她便嬌嗲地說：「你怎麼不學學你哥？」

這話一針見血，傷到了志剛的要害！他停下腳步，閉上眼睛，做一個深呼吸。如果說這話的人不是小喬，他早就一拳朝那人的臉上揍去！

8

志剛深埋在心裡的攻擊性，彷彿火山下的岩漿，隨時可能爆發！在小喬面前他忍得住，但是對其他任何人，他就成了一顆不定時的炸彈。

有一次，操場上一個角落鬧哄哄地圍了一群人。等教官把所有人推開之後，才發現全身散發著酒氣的志剛，跟另外兩個人扭打在一起。那兩名學生看見教官來了，拍拍衣服站起來，留下志剛一人搖搖晃晃，兩個拳頭在空中亂舞著。

他早已經大小過無數，成了教官室裡的常客。

同學們對志剛，能躲則躲；若不幸打了照面，也多半以譏諷、鄙夷、不屑的態度對待。只有宏道注意到：志剛除了成績老吊車尾之外，還面黃飢瘦，正餐不吃，幾乎全部以抽菸來取代。

每每想起志剛的話，宏道就揪心。他似乎對一切都滿不在乎，對人生充滿悲觀、消極、沮喪的態度，總是說：「我努不努力、振不振作，不都是一回事兒?! 老爸說我累贅，老哥嫌我礙眼，我早就習慣了！你以為我還鳥同學、教官怎麼說嗎？」

有時候，宏道覺得：志剛心裡那份無名的憤怒與虛空，比蛇蠍的毒液更具殺傷力、跟宇宙中的黑洞一樣可怕，因為它彷彿吸乾了志剛所有的精力、希望與鬥志。

事實上，只有在提到小喬時，志剛才會突然展現出年輕人應有的活力。但是，那活力就像咖啡因，提不了多久的神，馬上又讓他落入深沉的絕望中。

9

晚飯桌上，宏道反常地一語不發。

「今天學校裡發生了什麼事嗎？」母親看出他心事重重，關懷地問。

「沒事兒！」宏道抬起頭，把嘴裡的飯菜嚥下。「是王志剛……我很擔心他！」

「王志剛？是不是那個打臺北來的同學？」父親問。

「沒錯！他今天又闖禍了。因為同學罵他一句：『沒娘管的睡豬！』他氣不過，拿起石頭就往人家的頭上砸！結果把教室的窗戶打得稀爛，所幸沒有人受傷。」

「你平常不是跟他走得滿近的嗎？能不能勸勸他？」母親說。

「豈止勸他而已?!我一直在想辦法，希望能幫他拔除心中的怨懟與憤恨，卻總是不得要領。」

母親在兒子溫柔悲傷的眼神裡，看見他的在意與關心，那份真摯的情感讓人動容。她很快地朝丈夫使了個眼色，停下擦拭碗盤的手，放在宏道的肩上，提議說：

「再過幾天就是你的生日，請王志剛到家裡來坐坐吧！」

第八章　劉父、劉母

1

「慶祝生日?!哇塞！這倒新鮮！我們家從來不搞這玩意兒。我老爸大概連我什麼時候出生都不記得了！」

志剛一派輕鬆的樣子，心裡卻不禁暗暗羨慕起宏道來。

2

星期六中午放學後，志剛直接和宏道一起回家。劉母笑臉盈盈打開門，看見志剛，馬上給他來個大擁抱！

長到這麼大，他不記得有誰曾經這樣抱過他，即使在母親生前也沒有過。現在，在這個素昧平生的女人懷裡，志剛僵硬如一具木乃伊，臉頓時紅得像煮熟的蝦。但是同時，女人懷中那溫暖的、淡淡的肥皂清香，又深深吸引著他。

「歡迎你來。請進、請進！」劉母遞給他一雙拖鞋，熱情地牽著他進入客廳。

客廳裡的擺設非常簡樸：一套沙發、一個茶几、一面擺滿了書的牆。唯一較特殊醒目的物件，是窗戶邊上的鋼琴，以及掛在牆上的一個木製十字架。屋子裡，窗明几淨，每個角落都顯得整齊而有條理。

從廚房裡傳來一陣陣食物的香味。志剛因為早餐沒吃，肚子忍不住「咕嚕嚕」叫起來。劉母笑說：「先坐一下，豬腳麵線馬上好！」

此時，劉父從房裡走出來，宏道介紹說：「爸！王志剛來了！」

志剛嚇了一跳！不敢相信這位宏道喊「爸爸」的男人，竟瘦骨如材、老態龍鍾。他記得宏道提過父親的年齡，頂多四十來歲吧？怎麼頭髮全白了！要不是宏道先行介紹，志剛還打算喊他一聲「爺爺」呢！

劉父熱情地招呼志剛上飯桌。劉母端著一個大碗公從廚房裡出來，一路喊著：「小心，燙！」劉父連忙起身讓開位子，而宏道也趕緊跑進廚房裡幫忙。不一會兒，四碗熱騰騰、香噴噴的豬腳麵線已經擺好在桌上。

今天宏道是壽星，他的碗公比父親母親的都大得多。但是，志剛這位客人，得到的那碗麵線也不比宏道的小，而且碗裡面同樣放著三顆渾白肥胖的雞蛋。

「開動吧！」劉父招呼著，一邊拿條毛巾替劉母擦汗。

宏道繞到母親身邊，在她臉頰上親了一下，謝謝她為他煮的麵線。而劉母沒吃兩口，就把自己碗裡唯一的雞蛋挾給劉父，溫柔地說：「多吃點，多長點肉！」

志剛看在眼裡，先是覺得噁心：「怎麼這家人老愛抱來抱去、『黏涕涕』地不說，還『請』啊、『謝謝』地不離口！」但是他們卻做得那麼自然，好像天經地義一般。不知不覺間，志剛也受到這片祥和氣氛的感染，全身放鬆，感到無比自在。

3

「吃得慣嗎？」劉母問志剛。

「嗯！」

「聽說你也是臺北來的？」

「是。」

「臺北的哪裡？」

「士林。就是圓山大飯店附近。」

「是嗎？」劉母驚嘆道。「我們家以前住在天母，坐車都會經過士林。說不定大家還碰過面呢！」

「大概吧！」志剛敷衍著。他不禁環顧四周，心裡狐疑：「天母都是高級住宅區，有錢人才住那裡。但是，這家裡連一臺電視機都沒有，除了那架老舊的鋼琴之外，一點也沒有有錢人家的氣派啊！」

來這裡之前，他一直擔心會被問及有關成績、考試、升學、未來的打算等等一般父母喜歡探聽、老掉牙的問題。但是，這對夫妻只是很滿足地享受午餐，說了無數次很高興志剛能來訪。關於學校的事，他們一個字兒都沒提。

4

飯後，宏道照常想幫母親收拾碗盤，但是母親體貼地說：「今天你生日，還有客人，我來吧！你帶志剛去你房間看看。」

玄關後面、走道邊的第一扇門上，貼著一張宏道雙手捧著一條大魚、開懷大笑的照片，想必就是他的房間。兩個年輕人一進到宏道的私人小世界，把門關上，志剛便迫不及待地問：

「你爸是幹什麼的？」

「他在市場賣麵，做小本生意。」

「真的還假的?! 那你們以前哪兒來的錢住天母？」

「說來話長……」

「反正我吃飽撐著，」志剛整個人倒在宏道床上，雙手枕著頭。「你就說來聽聽吧！」

「其實，我爸原本是個建築師，在臺北開了一家建設公司，經手好幾項大工程。三年前，爸爸的生意合夥人捲款潛逃，公司因此倒閉不說，還害我們差點吃上官司。爸媽不得已，只好賠上所有積蓄，把家裡能賣的值錢東西都賣掉。這也是我們搬來這裡的原因。」

「難怪！天母的條件與環境，這裡哪兒比得上！」

此時，門外傳來鋼琴伴奏的歌聲，志剛不解地問：「那臺鋼琴不值錢嗎？」

「我媽捨不得賣，因為那是她每天靈修、禱告時，用來讚美上帝的樂器，可以說是我們家剩下的唯一值錢的東西了。」

志剛搖搖頭，不懂什麼是靈修、禱告，更不明白碰上這種倒楣事，怎麼還要去讚美上帝？

「你爸瘦得只剩皮包骨，是不是給氣的？」他還是對劉家生意上的恩怨比較有興趣。

「哦，不是！家裡發生變故的時候，我偏偏又重感冒染上肺炎，一度昏迷，還曾經休克長達十二分鐘。爸爸的手頭雖然拮据，但是他和媽媽寧願三餐變一餐，也不惜花費龐大的醫藥費，讓我去住院。我爸原本健壯的身體，就是從那時開始瘦下來的。一直到現在，他常常打趣自己說：『我終於減肥成功，變成仙風道骨啦！』」宏道說得好不心疼。「那一段青黃不接的日子，我幫不上任何忙，整天只能躺在床上，還咳個不停。爸媽夜以繼日、不眠不休地照顧我。有時候夜裡醒來，發現我媽還跪在床前，專心一意地為我禱告。後來病情果然奇蹟似地轉危為安，只留下這個沙啞粗糙的破鑼嗓，成為大病一場之後的紀念。」宏道不忘自嘲。

他的一番話出奇不意地在志剛心裡引起小小的漣漪，感動加上羨慕等等複雜的情緒，讓志剛沉默不語。

此時，劉母正好在門外喊著：「宏道、志剛，出來吃蛋糕嘍！」

5

午餐的碗筷已經收拾一淨，現在餐桌上擺著的，是一個蛋糕、四副餐盤、兩瓶可樂，外加一瓶蘋果西打。

志剛從來沒看過這麼精緻漂亮的生日蛋糕：外層布滿用鮮奶油擠成的小波浪，浪間穿插著一條條彩色糖果魚，牽著交錯縱橫、亂中有序的巧克力細絲。而蛋糕邊緣，則黏上酥脆的杏仁片。切開後，更是了得：裡面有兩層夾心，在軟綿細白的鮮奶油中間，鋪排著當令的黃澄澄芒果肉，襯托在深褐色的蛋糕中，宛如由裡放射出的小明燈。吃在口中，蛋糕膨鬆細嫩、軟硬適中，爽口又不膩。

「這蛋糕在哪兒買的？吃起來特別新鮮！」志剛不禁讚嘆道。

「哪兒都買不到！是我媽的精心傑作！」宏道很以母親的手藝為榮。「我媽是個天才，她的手好巧！搬來這裡之後，她自己學做糕餅、蛋糕，還不斷嘗試新食譜，口味比麵包店裡賣的還好吃幾十倍！她在爸的店裡賣這些自製的小糕點，看見放學肚子餓的小學生，她都會免費送給他們一些。」

「多謝你誇獎！」劉母開心地笑著。「做糕點一向是我的嗜好，東西賣不完丟掉可惜，還不如趁新鮮趕緊送出去。聽說很多小孩放學後，家裡一個人都沒有，午飯還得自己打理。」

「唉，就像我！」志剛想起自己。自從母親過世後，中午的便當都得由他自己準備。有時候太懶，或是沒時間，他就去福利社買一包生力麵，捏碎了將就著吃。

想到這兒，他感到一絲絲感傷。內心的遺憾不好在這時透露，他便低頭盯著蛋糕瞧，無聊地數算蠟燭有幾根。

「咦！怎麼有十七枝蠟燭？」志剛好奇地問。「你十七歲啊？還是你們算虛歲？」

「宏道沒跟你提過嗎？」劉母解釋道，「他在國中時休學一年，所以年紀比你大一歲。」

「我下個月也要滿十七歲。高中重考了一年。」

「是嗎？那你們同年嘍！宏道在國中二年級時生了一場大病，缺課太多，功課跟不上，所以不得不休學一年。」劉母摸了摸宏道的臉頰，溫柔地看著他。「感謝上帝，保住他這條小命。從那之後，宏道一直都精神奕奕，鮮少再生病，連小感冒也不來了！」

6

道別時，劉母把剩餘的蛋糕切下一大塊包起來，再附上幾片自製的餅乾，拿給志剛。

「帶回去當點心，給你爸爸和哥哥嚐嚐！喜歡的話，歡迎常來我們家！」劉母說完話後又自然地給了他一個擁抱。

這次，志剛竟然也能伸手回抱她！這個不經意的動作，連他自己都被嚇了一跳！

7

走在回家的路上，志剛有股說不出的矛盾情緒——有嫉妒，有羨慕，也有不解。這一家人，「怪胎」到像山頂洞人——絕種了！

他小心翼翼捧著手中用錫箔紙包著的蛋糕，心想：「他們經歷過被騙、破產、離鄉、病痛等等打擊，怎麼還這麼自得其樂、關心別人？難怪宏道的氣質與別人不同。他們家就像被一層特殊的氧氣層罩住，裡頭只有新鮮的空氣、溫柔的交談和親切的互動。」

以前在臺北，他不是沒碰見過家裡有錢的同學。但是，他們除了富裕奢侈的生活享受之外，完全欠缺劉家的樸實單純、彼此尊重。就算不去跟有錢人比較，一般他所認識的家庭，也沒有劉家人如此相敬如賓。

而他自己的家呢？志剛閉上眼，顯現腦海中的，只有父親的臭臉，與哥哥的輕蔑。

「唉！真是天壤之別！」他在心裡自嘲。「要是哪天老爸、老哥也客氣地對我說

『請』或『謝謝』，那太陽一定打西邊出來！」

原本以為自己會無所謂地笑傲一聲，結果卻發現有一股濃濃的哀傷鋪天蓋地籠罩下來。他聽見有個自憐的聲音喃喃地說：「如果真有上帝，那他也未免太不公平了！」

第九章 背叛

1

一整個禮拜，志剛都無心上課。他不斷倒數日子，巴不得星期五趕快到來。因為這個星期六是假日，圖連續假之便，志剛胡攪蠻纏，終於讓小喬答應星期五晚上和他一起去海邊釣魚。

傍晚時，他先跑去向宏道借釣魚裝備，並詢問釣魚的技巧。雖然夜釣只是親近小喬的藉口，但他又何妨不藉機現學現賣，在女友面前大顯身手一番！

志剛左手拿著釣竿，右手提著魚網，肩上揹著裝有魚鉤、魚漂、鉛錘等用具的包包，吹著口哨，興致勃勃地回家換衣服。他故意落掉那件醜陋的救生衣——跟女朋友出去，豈有不穿體面一點的道理？

2

走到家門前，他一仍舊慣，想也不想，從褲子口袋裡掏出鑰匙正欲開門，卻發現門沒上鎖！

「奇怪！」志剛心想，「該不會是老爸喝醉酒，還是賭輸了，窩在家生悶氣吧？幹！偏偏還在這個節骨眼上！你最好別礙著我！」

為了避免打草驚蛇，志剛躡手躡腳地走進房裡。經過哥哥的房門時，隱約聽見從裡面傳來陌生的喘息呻吟聲。透過門縫，志剛看見哥哥正在和一個女孩熱烈地接吻。

「好傢伙！把家裡當妓女戶不成？看我怎麼修理你！」好不容易抓到哥哥的把柄，志剛靈機一動，想來個惡作劇，嚇嚇老哥這個色鬼！

「在幹嘛啊？」志剛「啪」的一聲，出奇不意地把門推開，一邊學爸爸的語氣，皺眉瞪眼地吼叫。他那個低沉走調的假音，還把自己逗得噗哧一笑，差點「破功」！

這時，房裡原本背對著門的女孩轉過身來，志剛的笑容在那一剎那間，整個兒僵住了！

原來，那個把手環抱在哥哥脖子上、被哥哥摟腰緊貼著的長髮女孩，不是別人，正是小喬！

志剛頓時感到天旋地轉！

怎麼會這樣？原本要嚇唬哥哥，卻萬萬沒想到，被嚇到的反而是自己！他像看見鬼一般，臉色蒼白，不由自主地倒退走，卻又不小心被擺在身後的箱子絆到，整個人踉踉蹌蹌地跌坐在地上。

「幹！」他狼狽地就要哭出來，感到被無恥地羞辱與背叛。

哥哥和小喬正想過來扶他，他卻趕緊胡亂爬起來，看也不看他們一眼，轉身一頭衝出門去！

3

風在耳邊「咻咻」叫，世界一片黑暗，眼前一片模糊。志剛用盡全身力氣死命地跑！頭也不回地跑！他多麼希望能像科幻小說中的人物一樣，在風中融解、消失……

「為什麼？為什麼?!」

志剛滿腹委屈，眼淚不聽使喚地流了下來。

「別人不去找，偏偏要來搶我的小喬?!什麼都被你搶走了，連小喬也不放過！你到底是不是人?!」他憤怒地抹乾面頰。「幹！為你這種人掉眼淚！」

「爸爸、六伯的寵愛還不夠嗎？考上大學還不夠嗎？為什麼要趕盡殺絕？我究竟什麼地方礙到你了，要如此對我?!」

志剛的情緒比剛才更加淒然激烈，淚水潸潸，鼻涕滴了滿身。

「難怪他會向我打探小喬的事，還假惺惺地勸我不要太早亂交女朋友，什麼會害我分心、影響功課！呸！偽君子！小人！」

許多疑問在他心裡找到了答案，一點一滴地清晰。

「難怪小喬會替哥哥辯護，還三不五時，趁我不在時，跑來家裡找人！原來他們早就有染，勾搭上彼此！好一對姦夫淫婦！」

一輛疾駛的摩托車從他面前呼嘯而過，騎士伸出中指破口大罵：「不要命啦！有沒有長眼睛?!」

他猛然停下腳步，不住地喘氣。該往哪兒去呢？一個大男生當街眼淚、鼻涕直流，真是丟臉丟到家了！但是他又能怎麼樣？此刻有再強的自尊心，都抵不過他內心翻攪奔騰的怨恨、失望，與自憐。他唯一能做的，就是繼續不斷跑下去。

4

跑過了低矮的平房，越過清幽的稻田，志剛不知不覺已經到了平常幫黑道把風的木造房屋。這裡人煙稀少，幽蔽陰暗，只有幾隻碩大的老鼠跑來跑去、吱吱亂叫。

他背靠著牆，上氣不接下氣，不斷在心裡咒罵：「你這個爛貨！不要臉、痞子、偽君子！這筆帳我記住了，此仇不報非君子，不宰了你我不是人！」

志剛心頭的火焰越燒越高，忍不住要叫囂出來之際，突然有個詭異的聲音比他先一步——

「聽清楚了。這個星期天晚上十一點，八號碼頭，十塊海洛因磚。這件事不准出任何紕漏！最近條子查得很緊，所以務必囑咐弟兄們不可走漏風聲，必要的話……」說話的人用手在脖子上比了一個橫切的手勢，「也在所不惜！」

瞬間，心頭恨與恐懼交融在一起。志剛滿心滿眼只有剛才從夾板縫隙中看見的那個割脖子手勢。

「好個報仇的機會！」他腦袋裡飛快閃過一個念頭。說時遲，那時快，志剛隨手抓起靠在牆角的鏟子，大揮特舞地，瘋了似地對著無人的黑暗大喊：「有本事就來啊！否則你給我滾！」

不到幾秒鐘，木板屋裡的人跑了出來。是老大和他的左右手偉仔。

「是你啊，阿剛？」偉仔顯得非常驚訝，同時很快地和老大交換眼色。「什麼時候到的？」

「就剛才啊！」志剛不知哪兒來的表演天份，手上抓著木鏟，大口喘著氣、憤恨地說。「我那老哥，不給他點顏色看，他還當我是飼料雞一隻！」

「你好好說清楚，到底是怎麼一回事？」老大開腔了。

「今天的運氣有夠爛！倒楣的事接二連三。剛才才在撞球店裡輸球，結果菸又抽完了。我想到好像還有一包菸放在這裡忘了帶回去，就想過來拿。沒想到才到就撞見我老哥。」

「你老哥？」

「不是他還有誰？又是奉我老爸的命令，要把我捉回去的。」

「你哥來這裡多久了？」老大按捺住性子問。

「不曉得！我猜大概有一陣子了吧？我剛剛到，看到他在門外探頭探腦的。說什麼老爸要我馬上回家！我抓起木鎚準備跟他對幹，他這個鳥蛋，夾著尾巴就跑走了，真是紙老虎一隻。愛哭又愛跟路……」志剛故意秀了一句不太標準的臺語。

「阿剛！」老大打斷他的話。「你哥是幹什麼的？」

「還能幹什麼？不就是讀書嘛！管閒事管到我頭上來了！他當他是蓋世太保、便衣警察啊？我看還差遠的啦！」

老大和偉仔聽見「警察」兩個字，全身不禁警醒武裝起來。志剛順水推舟地說：「怎麼？他給你們惹麻煩了？要不要我替你們去修理修理他？」

老大顯得煩躁惱怒，嚴厲地說：「你給我聽好！你現在馬上追上去，看好你哥哥，明天以前不許離開他一步。還有，記得隨時向我報告他的行蹤。」

「他老兄到底惹什麼禍了？」志剛假裝滿臉疑惑。「告訴我，我好嚇嚇他……」

「你給我照辦就是了！」老大咆哮起來，露出一貫的威嚴。「廢話這麼多！還不快去！」

志剛縮著脖子，快步跑開。

「幹！人手、車子都派去碼頭做準備了，」看見志剛走遠，老大壓低聲音對偉仔說，「我們最多只能在明天去把他那愛管閒事的哥哥逮過來。」

5

夜幕早已低垂，志剛一個人在幽靜的馬路上朝回家的路上走。接連而來的震驚、憤怒、驚嚇，讓他的腎上腺素分泌過多，心臟「噗！噗！」地狂亂搏動著，彷彿就要從胸口跳出，腦子裡一團混亂。

他把哥哥拖下水了！這個搶自己親弟弟愛人的小偷，活該被千刀萬剮，死也不足惜！……只是，老大那幫人究竟會出什麼對策呢？

他實在不想回家，再去面對哥哥陶醉的表情、小喬挑逗的身影。但是，老大這會兒肯定會緊盯著他，他沒有別的選擇。

回到家，屋裡空無一人，客廳裡安靜無聲。志剛拿起話筒撥電話給偉仔：

「偉仔！」志剛學偵探的樣子，小聲地說，「我哥進房去了。接下來該怎麼做？」

偉仔把消息轉述給身旁的老大，兩人窸窸窣窣一陣。不久，偉仔又回到聽筒旁。

「阿剛，你聽著！從現在起，你得緊緊盯著你老哥，不能讓他出家門一步。如果他打電話的話，你也得注意他跟誰通電話、說了什麼事。這一切都得向我們報告！」

「沒問題！嘿！我哥這隻只會狐假虎威的病貓，看他還能招搖到什麼時候！」

掛下電話，志剛打了一個寒顫。什麼時候開始，自己說話也帶著老大那幫人的流

6

他癱軟在沙發上，怒氣仍未消歇。

「今夜是個什麼夜啊？本來可以和小喬一起纏綿……」

不待志剛把心事想完，家裡的電話便響了起來。

「喂，阿剛！」又是偉仔的聲音，「你有沒有把握明天早上七點把你哥引到你家門口的馬路上來？」

「沒問題！明天是假日，他在家。我想辦法把他吵醒！」志剛不知道老大那幫人的計畫，只能先唯唯諾諾地附和。

「明天我會帶人去你家門口把你哥『接』過來。你不是很『賭爛』你老哥嗎？我們幫你將他擺平。」

看來這一連串自導自演的戲，已經成功地唬過老大和偉仔了。

「可惡的姦夫淫婦，活該討苦吃！最好永遠不要再讓我看見你們！」志剛不禁再度怒火中燒。「還多虧你是我哥！自家人窩裡反了……」

「自家人？」像被當頭棒喝一般，志剛忍不住全身顫慄。「不對啊！哥哥有不在場的證明！小喬不會跟她爸解釋嗎？她替哥哥作證，再怎麼說都比我這個外人的話可信。那麼……這下……我的謊言不就不攻自破了嗎？老大他們一定會發現偷聽到祕密的人，不是老哥，而是我啊！」

志剛頓時感到一陣毛骨悚然！這幫人可不是在玩「辦家家酒」啊！殺一條性命對他們來說，不只是在腦袋裡推演的戲劇，而是活生生的現實！他突然明白：和自己打交道的，不是毫無殺傷力的小混混，而是爭強鬥狠、真槍實彈的黑社會份子，要真槓上的話，自己根本毫無招架的能力。

這下事情大條了！如果不把哥哥交出來，他無法交差，一定會引起老大的懷疑；把哥哥交出，到時哥哥把小喬找來替他作證，那麼自己的謊言就會被揭穿。如此一來，那個被殺、被剮的人不是別人，而是自己！

志剛越想越心慌，雞皮疙瘩起了一身，仍然不知道下一步該怎麼做。

擔心加上害怕，讓他疲憊不已。像被警察追趕的通緝犯，該往哪兒逃才好呢？黑暗中，身心俱疲下，他突然懷念起劉母的擁抱，渴望能躲進劉家那層保護罩裡，好好睡一覺，管他的哥哥！管他的小喬！

不論他在心裡如何抵抗、如何試圖安慰自己，依舊是如坐針氈、心神不寧。終於，志剛決定不在家坐以待斃。他走到大街上，晃啊晃地，才發現自己正往劉家的方向走去。

7

從外面看來，客廳裡已經熄燈。劉父、劉母因為要早起做生意，所以習慣早睡，現在想必已經進入夢鄉。志剛繞到宏道的窗戶外，發現燈還亮著，他不覺鬆了一口氣。

「還好他還醒著！」志剛從口袋裡掏出一張廢紙，揉成一團，往窗戶用力丟去。

不一會兒，宏道打開窗戶，驚奇地發現志剛站在外頭直打哆嗦！

「王志剛！發生了什麼事？」宏道開門讓志剛進來。

「你得幫幫我！」

「你先坐下來，把話說清楚！」

「我捅出婁子了！……幹！都是那不要臉的傢伙！……老子死了做鬼也不會放過你！」志剛語無倫次，全身發抖得厲害。

宏道站起來把房門關緊，免得把爸爸、媽媽吵醒。然後，他走過來坐在志剛身邊，摟著他的肩，凝神專注看著這個軟弱無助的朋友。

「冷靜下來，還有我在！」他穩重且堅定地說。

「啊！這個充滿詛咒的星期五！我原本滿心期待，現在卻……」志剛終於崩潰，手握著拳頭，歇斯底里地哭起來。斷斷續續地，他把哥哥、小喬、老大的事一一說了出來：黑幫星期日的走私毒品計畫、自己的報仇計畫，那場想拖哥哥下水，卻弄巧成拙，害他自己脫不了身的戲碼……

「你說，我現在該怎麼辦？」志剛痛苦地問。

宏道思忖著，無言以對。

事情確實棘手！志剛說得沒錯，無論如何，黑道那夥人絕不會輕易放過他。尤其後天就是他們取貨的日子，老大一定會設法做到萬無一失！

宏道在房裡踱著步，他的憂慮並不亞於志剛。

8

志剛把事情的來龍去脈說了一遍之後，情緒漸漸穩定下來。他向宏道要了一杯水，一口氣灌下肚腸。彷彿沖了一個冷水澡一般，他倏地從椅子上站起來，故作瀟灑地撂下狠話：「兵來將擋，水來土掩！老子豁出去了！」

說完，他準備離開，卻被宏道一把抓住。

「王志剛，聽著！明天一早你在家等我的電話，千萬不要輕舉妄動！」

志剛點點頭。他並不期待宏道能有什麼好法子，所以不想再多說。而且，現在他的自尊心又被喚醒，為剛才在同學面前的失態感到臉紅。

「我走了！」志剛低著頭，避開宏道的眼目，幾乎用跑的逃出宏道家門。

第十章　拯救

1

夜更深沉了，宏道卻完全沒有睡意。回到志剛方才坐過的椅子上，還能感受到他的體溫。

「終於出事了！」

宏道揉捏疲憊的眼睛。志剛會惹出麻煩，並不在他的意料之外。只不過，宏道沒能預料到麻煩會以何種形式出現，以及有多大的衝擊力。現在，他用不著再多傷腦筋，答案已經揭曉。問題只是：自己該怎麼做？

大部分的人或許會選擇不予理會、袖手旁觀。畢竟，和王志剛非親非故，而且又事不關己。但是，對宏道而言，志剛的事就是他的事，志剛的麻煩就是他的麻煩；甚至——宏道驚訝地聽見心裡有聲音說：「自己也可以為志剛赴湯蹈火！如果這是我應該做的。」

界線在哪裡？標準又在哪兒？應該有界線嗎？

宏道年輕俊秀的臉龐，顯露出掙扎與痛苦的神情。

他起身把燈關掉，走到床邊，「撲通」一聲跪了下來。皎潔的月光從窗外照進來，只見宏道低著頭，閉上眼，雙手緊握——他在懇切地禱告。這是每當他遇到挫折、困難的時候，首先會做的一件事。尤其是現在，他需要向他的上帝支取力量，在這樁複雜紛亂的事件中釐清方向、得著智慧。

時鐘「滴答！滴答！」地響著，過去了一小時、兩小時……他聽見母親唱的讚美詩，看見父親流著汗、站在大爐鍋前撈麵的削瘦身影；他也憶起志剛在海裡戲水、露出難得的童稚純真。寂靜中，他誠實地面對內心的恐懼、未知、疑惑與渴求。他的身體時而顫抖，時而汗流浹背。

終於，彷彿戰勝了一場艱難的抗爭，宏道臉上痛苦、迷惑的神情，逐漸轉變成一抹平靜安穩的微笑。

他站起來，悄悄走到客廳，拿起話筒撥電話到警察局。

再次回到書桌前，牆上時鐘的短針，不知不覺已經指向「4」。宏道拉出椅子，打開檯燈，靜思片刻之後，果決地打開抽屜，取出自己珍藏的精美信紙，提起筆，埋頭書寫起來。

「沒錯！這就是我一直在等待的良機。」彷彿被一股無形的力量支持著，此刻，宏道沒有一絲一毫的猶豫與恐懼。

2

信寫完之後，不久，天也亮了。宏道趁父母尚未起床之際，依約打電話給志剛。

志剛顯然也是一夜未眠，電話方響，他便接了起來。

「喂！」

「王志剛，是我！你現在靜靜聽我說，不要出聲。等會兒我就過去你家，黑幫跟你約好的時間到的時候，讓我跟你一起站在門口。不要去驚動你哥！」

志剛一時還摸不著頭緒，掛了電話之後，他才慢慢會意過來：宏道要他別驚動哥哥、要跟他一起站到馬路上去；也就是說，等老大那一夥人過來，被抓的人將會是宏道……！

「他有沒有搞錯啊？這樣行得通嗎？」志剛不明白宏道葫蘆裡賣的是什麼藥。這一切，並不是宏道這種乖乖牌能應付得了的。但是他在電話裡又是這麼肯定與堅決，莫非他真的有什麼解決的辦法？

志剛心裡雖然懷疑，但同時也不禁鬆了一口氣。一整夜來的焦慮與緊張，讓他體力透支、精神不濟。現在有人想出了法子——任何法子，即使他不確定究竟會如何，但至少可以先免去和哥哥周旋的那一關。何不將計就計，把死馬當活馬醫，走一步算一步？

3

劉父、劉母如常清早就起床，準備好出門上市場去，開始一天的生意。沒想到，今兒早上卻看見宏道已等在門口要與他們道別。

劉母驚訝地說：「好不容易放假，怎麼不多睡一會兒？」

宏道笑笑沒答腔，迎上前去緊緊抱住父親、母親。

「假日市場裡人特別多，別累壞身子了！」放開父親、母親，他關心地說。

「有什麼事嗎？」劉母感到事有蹊蹺，擔心地問。

「沒事！只是睡不著。」

「是不是考試太多，書念不完？」父親問。

「不是。你們不用擔心！我會好好休息。」

「那我們中午見哦！」劉母拍拍宏道的臉，依然不放心。但是麵店等著開張，她和丈夫不能再耽擱。

宏道目送他們離去的背影。等到父母走遠之後，他穿上外套，環顧家裡一周，然後輕輕鎖上門，朝志剛的家走去。

4

離老大約好的時間還有一刻鐘。志剛看見宏道走來，又是欣喜，又是羞愧。啊！他終於不用一個人去面對這個難題！想到昨晚自己在宏道面前失聲痛哭，顏面盡失不說，還把自己的詭計、謊言全都攤在宏道面前。現在，宏道一定把他看得比一片葉子還扁、比一團屎還不如！

「那他現在來做什麼？」志剛在心底問自己。「任何人知道了，都會不齒跟我做朋友。他該不會是來罵我一頓，要我好漢做事好漢當吧？」

志剛縮著頭，像一隻狗準備聽主人的教訓，戒慎恐懼地斜眼看著宏道。但是宏道什麼話都沒說，看到志剛，只是過來拍拍他的肩頭，和他一起站在門前等候。

「劉宏道，你知道你在幹什麼？」好一會兒，志剛終於提起勇氣問。

「當然知道！我想得很清楚。」

「我們不是在玩『辦家家酒』！他們那夥人是什麼角色，你也明白？」

「嗯！」宏道的平靜讓志剛更加不安。

「他們會把你當成我哥抓去，你懂嗎?!」志剛突然害怕起來。

「記住！等會兒你什麼都別說、什麼都別做，讓他們辦他們的事。」宏道轉頭凝視志剛，他堅決的眼神不容志剛有任何異議。

「別驚動你哥！不用跟他提一個字！」

「你……」

志剛的話還沒說完，一輛汽車疾風迅雷呼嘯過來，停在宏道面前。說時遲，那時快，從車裡下來三個彪形大漢，圍著宏道，三人聯手把他架進車裡。前後不到幾秒鐘，汽車又揚長而去，彷彿不曾出現在此地。

5

志剛獨自被遺落在原地。他不敢抬頭，更沒有勇氣追蹤車子的去向。之前，為了陷害哥哥，他主動積極地籌算、布局；現在，為了脫罪，他卻被動地讓不合情理的事情恣意地在自己眼前發生。他不能攔阻嗎？他想攔阻嗎？

宏道被架走後，他知道自己奔撞的死胡同獲得了一條出路。但是，為什麼此刻他的內心，卻更加惴惴不安？

他在做什麼？宏道在做什麼？孬種、孬種！他們家兄弟的恩怨竟然叫劉宏道去承擔?!

志剛內心的怒火岩漿不知該往何處發洩，他的身體抖動得非常厲害，不知道是為了不仁不義的哥哥，還是膽小懦弱的自己。

這時，有幾個鄰居正不斷用怪異的眼神瞄著他，對他指指點點，他才發現自己一直站在原地，像一尊低頭沉思的雕像，但是面容扭曲，淚流滿面。

他趕忙擦掉淚痕，匆匆躲進屋裡去。

6

一進到車裡，左右兩邊的人就用一條油膩骯髒的布把宏道的眼睛蒙住。從前座傳來一個兇惡的聲音對他說：「聰明的話，你就給我乖乖坐著別動！」

車子急速地行駛。因為看不見東西，失去方向感，宏道益發覺得車子顛簸得厲害。臉上那條蒙眼布垂掛在鼻前，散發著惡臭。宏道想把它撥開，無奈雙手被反綁在背後，完全無法動彈。

車上其餘四人的脾氣都不太好，開車的人轉過頭來看了一眼，很不以為然地說：「就這小角呀？那麼大費周章！」

「就是說嘛！昨晚忙了一夜，睡都沒得睡，馬上又被派新差事！」坐在宏道左邊的人埋怨道。

「還不都是因為你這個半路殺出來的程咬金！」坐在宏道右邊的人往他頭上重重打一拳。

「不過，老大真的是有點小題大做，這個孩子仔能幹什麼？」坐在前座的人也加入抱怨的行列。

「還不就是怕他洩漏口風嘛！這次是一筆大交易，聽說利潤有好幾千萬！難怪老大會患得患失。」

「你這小子，自討苦吃！看待會兒怎麼修理你！」冷不防地，宏道的小腿肚上被狠狠地踹了一腳。

這幫人將車子駛向海邊，停在一間破舊的木屋前。宏道被押進木屋去，眼睛依然被緊緊地蒙著。

7

「老大，人抓來了！」有人從背後將宏道往前用力一推。

「嗯！」一個低沉的聲音回答。「把布解開！」

宏道鬆了一口氣，以為終於可以擺脫那混雜著香菸、檳榔、口水等等無法言喻的臭味。沒想到髒布除去之後，他卻發現這屋裡的氣味並沒有好到哪兒去，反而還多了一骨刺鼻的尿騷味。

他的眼睛並不需要花太多時間來適應亮光，因為這屋裡連一扇窗戶也沒有，除了從木板間滲透的些微光線之外，到處陰暗無比。

「你就是阿剛的哥哥？」宏道面前的人坐在一張躺椅上，抽著雪茄，把他從頭到腳打量一遍。

宏道點點頭。

「昨天晚上，你是不是跑到康定路的木屋去？」

「……」

「鬼鬼祟祟地，想做賊是嗎？」

「……」

「偷聽別人的談話是很不禮貌的事，你知不知道？」

「……」

「你都聽到一些什麼來著？」

「……」

「幹！舌頭被貓咬了是不是?!你不會說話啊？」偉仔使出肌肉發達的手臂，往宏道的肚子揍過去。

「阿剛說你愛管閒事、惹人厭。我發現你還挺固執的！」老大這時已經從躺椅上站起來，走到宏道面前。「我告訴你，要耍個性去別處耍，在這兒你得聽我的！我再問一遍：你是不是偷聽到我們的祕密了？」

宏道依然閉口不語。他的沉默讓老大更加確信他們的機密已經洩漏。火氣一上來，他「啪！啪！」地給宏道甩了兩巴掌。站在兩邊的僂儸也趁機對宏道拳打腳踢。

「你不說話也沒關係。反正我就是要你閉嘴，讓你沒機會上警察局嚼舌根！」

「這點老大可以放心！」偉仔報告說，「我問過阿剛了，他說他老哥昨晚回去後就一直睡到今天早上，直到我們把他逮來為止，他還沒有任何行動。」

「很好！嘿嘿！你大概做夢都沒想到會被自己的親兄弟出賣吧？」老大很得意地把一口煙吐到宏道臉上。

「抱歉啦！這筆交易對我們來說太重要了，我不容許出任何差錯。」老大說完，示意僂儸把宏道的腳綁住，然後再親自拉緊他背後綁手的粗繩。等到一切都檢視過後，他滿意地帶一群手下走出去，留下兩名人手看守宏道。

「看樣子，你得在這兒待上一陣嘍！」其中一人動作較快，搶先佔領了老大的躺椅，才剛坐下去，便忍不住打起哈欠來。而另外那個人則從口袋裡掏出檳榔，像餓狼般一邊「喀喀」地大聲嚼著，一邊瞪著宏道大罵：「幹你娘！」

8

一整天，沒有人再過來理會宏道，也沒有人供應他任何食物。接近傍晚時，原本陰暗的屋裡，變得更加漆黑。宏道飢腸轆轆，最難忍受的，是口中灼熱的乾渴。看守他的那兩名僂儸已經輪流出去好幾次，每次回來後都一副酒足飯飽的樣子。他們顯然也不喜歡待在這間潮濕穢臭的屋裡，要不是今天外面風大，海風吹得人頭痛，在門前蹲著都會比在屋裡躺著強。

宏道蜷曲在角落，飢餓加上疲倦，令他不自覺地昏睡過去。入夜之後，一陣紛沓急躁的腳步聲突然把他驚醒。只聽見大門「砰」的一聲被踹開，幾道手電筒強光直射過來，讓他的眼睛立刻瞇了起來，根本無法直視。聽聲音，他判斷是老大和他的手下回來了。

「八號碼頭附近的港仔灣多了一道出口，沒人把守。」老大在手下的耳邊焦躁低語。「我們的人手不夠，不能把你們浪費在這小子身上！」

「那老大的意思是……？」

老大轉過頭來，給身後的另一幫人下指令。頓時兩三人一起撲向宏道，不由分說，把他押了出去。

9

宏道因為一整天沒吃東西、沒喝水，身體非常虛弱。「現在他們會把我帶到哪裡去？」他不禁在心裡納悶。

今晚的天氣不好，烏雲密布不說，海邊的風浪尤其大，籠罩著「山雨欲來風滿樓」的氣氛。雖然附近黑漆漆一片，宏道尚認得出他們正在開往虎嘯領的那條路上。

果然，車子開到了虎嘯嶺。偉仔把車一停，手煞車一拉，一夥人便忙不迭地把宏道押到嶺上去。

這地方他並不陌生，不是嗎？宏道心想。三年前，自己還瘦弱矮小的時候，不就曾被同學抬了上來？不同的是，那天天氣晴朗、陽光普照，同學們只想惡作劇。但是，今天卻是滿天烏雲，四周一片黑暗，而挾持他的人，卻是比那些同學更邪惡，更心狠手辣！

這幫人把他推搡到峭壁邊，四人或叉腰或抱著雙臂，形成一道圍牆，堵住他任何逃生的去路。

海風簌簌蕭蕭，彷彿餓獅怒吼，又好似猛虎咆哮。啊，「虎嘯嶺」果真名不虛傳！

10

「幹！」老大被自己飛舞著的亂髮惹得發脾氣。「這風真要人命！」

「有風，浪才會大啊！老大！」偉仔狡獪地使了個眼色。

老大點點頭。「我們沒法留你了，老弟！誰叫你敢在太歲頭上動土？下輩子安份點，不要太愛管閒事！」

四人很有默契地一起朝宏道節節逼近。宏道站在崖邊，底下是險峻的海岸。就在他們準備伸手抓他，把他丟下海裡的當兒，宏道接下來的舉止卻神奇地止住了他們——

他安詳地轉過身來，低頭看著腳底下洶湧拍岸的浪潮，深吸一口氣，閉上眼睛，做了個簡短的禱告。然後，舉起雙臂，屈膝彎腰，縱身躍下！

老大連同手下應聲跟上去，只見崖下濺起一陣浪花，宏道已不見蹤影。俊哥和偉仔面面相覷，回頭看看老大，發現他也目瞪口呆，下巴都要掉下來了！真奇怪！他們這副兇神惡煞、張牙舞爪的姿態，大家都怕得要命，怎麼在這個少年人身上一點都派不上用場?!這是什麼人？自從他被抓來之後，不反抗、不求饒，最後在面對死亡之際，還這麼氣定神閒、慷慨赴義！

想到這兒，這群四肢發達的流氓，竟被這種少見的氣概懾服了，甚至嚇得雙腿發軟。

沒有人敢發出任何聲音。老大也默然不語，有幾秒鐘的時間，他甚至彷彿一個做虧心事被逮著的三歲小孩，臉上閃現出一絲無措與尷尬。但是，身為老大，豈有在手下面前透露膽顫心驚的道理?!他馬上板起面孔，故作輕鬆地說：「自我了結？也好！那我們一點責任也沒有啦。」隨即轉過身，帶頭落荒而逃。

11

隔天，黑幫的大日子來臨之前，老大已經把宏道的事忘得一乾二淨。他胸有成竹、信心滿滿地來到八號碼頭，卻在毒品到手的一剎那，犬聲大作，被埋伏在周圍已久的警察捉個正著！老大臉上志得意滿的笑容還來不及收拾起來，就「喀啦！」一聲被扣上手銬。

人贓俱獲，老大啞口無言。他正在心裡納悶哪裡出了問題時，抬頭卻瞧見那些被派在各出口看守的嘍囉，也都全數被逮了來！

次日，「破獲大宗毒品走私案」的消息連同老大一群人的照片，全上了地方新聞頭條。志剛的哥哥讀完報紙，馬上急著跑去找小喬。

志剛則忍不住全身顫抖，心想：「老大一夥人鋃鐺入獄，那宏道現在人在哪兒呢？」

早上，志剛還破例提早到校，天真地盼望能看見宏道坐在位子上，跟他說：「放心吧，沒事了！」

但是，宏道的座位空空如也，任憑志剛望眼欲穿，他始終沒有出現在課堂上。沒有人知道他的行蹤！

12

志剛心裡的疑問無法跟任何人傾訴。他曾偷偷摸摸地在宏道窗外觀望，卻發現裡面燈沒亮也沒任何動靜。多次想打電話向劉父、劉母詢問，但是電話那頭才說了聲「喂」，他就因為心虛，趕緊掛掉聽筒！

學校成為可能再見到宏道的唯一場所了。但是假若宏道的座位仍然空空蕩蕩，那麼，他該如何去安排自己的憂心與失望？

星期二一早，志剛正猶豫要不要去上學時，父親隨手把報紙往沙發上一丟，斗大的標題隨即映入志剛的眼簾：

海邊浮屍，少年失足落海，一命嗚呼！

他連忙細讀內文，方知：星期一傍晚，漁夫發現一具漂浮在海上的死屍。警方初步驗屍的結果，判斷屍體已浸泡在水裡兩天，不排除死者是在週六風浪大時，不小心從虎嘯嶺掉到海裡去的受害者。因此，還特別提醒遊客，務必小心岸邊安全。

報上還記載：

死者的父母已經去認屍，確定是失蹤三天的××高中十七歲劉姓少年。

讀到此，志剛臉色刷地一陣慘白，呼吸困難。

「劉宏道死了！究竟發生了什麼事？失足落海？他一向小心，絕對不可能！更不可能一個人上虎嘯嶺逗留。莫非老大他們心狠手辣，殺人滅口?!劉宏道他……就這麼冤死了?!」

志剛感到一陣昏眩，忍不住失聲哀鳴。雖然自從宏道在家門前被架走後，志剛一直有不祥的預感，暗地裡卻滿心期望老大會放過宏道一馬，頂多關他個幾天。畢竟，他們抓錯人了，宏道並不是他的親哥哥啊！但是這下，宏道死了！報上說他的屍體泡在海裡兩天，已經浮腫變形！劉父、劉母看到，會是多麼傷心啊?!

志剛不敢繼續想下去，他不願得到那個齧心的結論：宏道是因為他而被害死的！

這時，哥哥推門進來，志剛趕緊把臉別過去，不住在心裡咒罵道：「哼，這下你滿意了吧！爸爸、六伯的寵信、小喬的愛，現在，連我唯一的好朋友，也毀在你手裡了！」

他斜眼狠狠瞪了哥哥一眼，到嘴邊卻又吞下去的話，毒辣地喊著：「你這個狼心狗肺的敗類！」

13

志剛的世界完全瓦解：家，有哥哥那張假冒為善、殺死宏道的臉；賭場那邊也人去樓空，全部做鳥獸散；小喬不再搭理他；而學校，更是志剛無止無盡的傷痛。每每望見宏道留下的空位，志剛就心如刀絞。有時候在恍惚間，他甚至以為宏道仍坐在位子上，轉過頭來向他微笑！

啊！鬼魅般的如影隨形！

他變得更加沉默、更加心不在焉。他的心裡有一股不安、騷動。他想離開，想出走，想忘掉所有的一切！

少了宏道，所有必須死背的英文單字、歷史年份、礦產地點、成語解釋等等，全都失去了意義。他像行屍走肉一般，從老師的手中拿回數學試卷，事不關己地塞進書包裡，看都不看一眼。

晚飯時，父親鬼使神差地抓著那張只有個位數字分數的數學考卷，氣急敗壞地向他衝殺過來。「這個沒用的傢伙！不肖子！」

在父親的拳頭落下之際，志剛面無表情、兩眼無神地直視前方。他的臉抽搐著，手不禁顫抖。他的心裡，已經下了一個決定！

當晚，父親藉酒澆愁，喝得酩酊大醉。志剛很快躲進房裡，關上房門。他將那個熟悉的、陪他搬過好幾次家的手提帶拿出來，胡亂塞進一些衣物與日用品。趁哥哥進房之際，他手腳俐落地偷走父親放在茶几上的錢包，隨即拎起行囊，頭也不回地離開……

下篇

2007

第一章 臺北

1

候車椅上，一個足登三吋高跟鞋、身穿緊身短裙的上班族小姐，翹著小腿晃啊晃的。及肩的長髮半遮面，一陣強風吹來，方才瞧清楚她正手掩著耳朵，一雙紅唇不停地一閉一合。隨著姿勢與角度的更換，她手中那個粉紅色、掛著小飾物的手機，不時迎著朝陽閃現金光。

周遭，有漫步而行的高中生，戴著耳機、點頭晃腦地隨著ＭＰ３搖擺。也有頭髮染成褐黃色、大包小包買完菜回家的中年婦人，站在月臺上的公共報紙前，漫不經心地瀏覽著。婦人旁邊不遠處，還站著一位牛仔褲頭只遮住一半屁股的青少年，正埋頭寫著簡訊。

捷運站是他們一天生活的起點、每天必到之處。川流不息的人群，等候列車進站。時髦的小姐扭腰擺臀、俐落地跨過月臺與列車之間的縫隙，進了車門；歐巴桑搶先找個靠門的博愛座，把手上的青菜、魚肉放好。在尖銳的哨聲警告車門即將關閉之際，捏著吃到一半的飯糰、三階併兩階，快跑上手扶電梯的西裝筆挺男子，驚險但成功地跳入了車廂。

千禧年之後的臺北，在經過痛苦髒亂的交通整頓期後，有了傲誇全世界最高建築物的１０１大樓。南北走向的福爾摩沙高速公路全線通車，部分捷運路段也已完成。街頭依然車水馬龍，但交通不再擁擠紊亂。

2

志剛開著奧迪進口轎車，停進公司的地下停車場。今天，像過去的每一天，他甩上車門，面無表情地走進電梯，幾乎不用看，便準確地按到「25」。那是他工作了將近十年的辦公室樓層。

進到辦公室，他把公事包往桌上一擺，外頭的陽光被擋在參天的高樓之外。窗外的101大樓灰暗得有些猙獰。

不等志剛喘上一口氣，工廠部的小陳便敲門進來，氣急敗壞地陳述：廠商故意刁難，產品已經照他們的意思改了三次，他們還是不滿意，簡直是雞蛋裡挑骨頭，存心找碴！

志剛當下決定下午過去廠商那兒處理。

他在臺北單打獨鬥了二十年，從工廠小弟做起，然後到送貨員、倉庫管理員、業務員、主管……直到經理職位。他看著公司「長大」：擴大經營、增設工廠、招募新員工。由於他工作像「拚命三郎」，又隨傳隨到，很受當時的廠長重用。不僅替他安排員工宿舍，還讓他在職進修。

志剛就這麼一層一層地往上爬，從基層的機器操作、原料識別，到員工的分配管理，甚至與商家的談判交涉、簽訂合約等等，他無一不曾經歷，無一不熟悉。

像現在這家屢屢退貨的廠商，志剛也見識過。通常貨物出廠時，間有瑕疵或故障是在所難免的。公司的做法是接受顧客的索賠，或是將貨物收回，再補上完好的新貨品。但是他們不時也會遇到愛佔便宜的商業夥伴，一開始就試著在價錢上刻薄、剝削；等到價錢讓他們勉為其難地接受後，又會在事後交貨時搞手腳，擺出一副晚娘面孔，給交貨的員工百般刁難。

這種廠商難不了志剛。靠他二十多年來在這行的工作經驗，工廠從上到下、由裡到外各項事務的了解，談判鮮少有失敗的。而且他掌握數據、熟悉市場，又了解消費大眾與廠商心理，所以他提出的論據很難有對手能招架，更遑論推翻。

小陳這廂過來求救，志剛啜一口咖啡，老神在在地說：「等會兒我跟你一起過去，不怕他們找麻煩！」

在公司裡，他雖然只有「品管部經理」此一職稱，事實上，若是人事部或經銷部裡出問題，他就彷彿救火隊，是員工找救星的第一人選。

無怪乎老闆對他信任有加。若不是因為這是一家家庭企業，重要職務全由老闆的家庭成員霸佔，否則今天坐在總經理寶座上的人，非他王志剛莫屬。

3

工作上，志剛仗著經歷、果斷與鐵腕作風，獨當一面綽綽有餘。但在人際關係方面，他卻顯得退縮與壓抑。表面上，他不苟言笑，除了公事之外，鮮少與他人談天或聯誼。與他熟絡的人幾乎沒有，更遑論有任何深交或知己。

在所有人眼中，品管部的王經理，是一個充滿神祕色彩的人物。

但是對這麼一位年輕多金、俊帥又有前途的「黃金單身漢」，大家豈能不好奇？尤其對他的私生活，同事們特別感興趣。公司上上下下傳得沸沸揚揚，又因為他本人從不否認或評論，傳言因此更加鹹濕辛辣、誇張離奇。

只是，真相究竟如何，沒有人敢打包票。唯一確定的是：公司裡裡外外，崇仰他的女性多得數不清。自動送上門來的，也大有其人。但是至今沒有人有辦法綁住他，也不曾聽他公開承認過哪一段戀情。他的進口轎車裡經常更換著出現身材火辣、面貌姣好的妙齡女子，大家因此背地裡頒給他「美女殺手」的封號。

4

關於這位老闆眼中的大紅人的舊愛新歡，或許是大夥兒茶餘飯後、磕瓜子聊天時的話題，但對佳慧來說，卻是扎心刺耳的毒藥。她知道她沒有權利生氣，更沒有資格在大家面前嚷嚷，但是同事言談間對志剛的訕笑與諷刺，卻像針對她個人一般，同樣令人受不了。

公司裡沒有人知道：佳慧是志剛的地下情人。哦！其實連佳慧自己都不確定這樣形容他們之間的關係對不對。她只知道：志剛寂寞、憂傷時，就會冷不防地出現在她家門口。他喜歡她煮的紅糟魚和獅子頭，喜歡她為他放洗澡水、幫他按摩。常常，他在做愛後，會心事重重地撫摸她長長直直的頭髮，眼裡含淚。

如果問佳慧的感受，她想志剛是愛她的——她希望他愛她。無論如何，至少可以說他在某種程度上相當依賴她。但是，志剛不僅口裡不承認，也不准佳慧在公司裡提起有關他們的任何事。旁人面前，志剛待佳慧有如一般員工，不明就裡的人甚至會以為志剛跟她一點也不熟。

佳慧徬徨過、迷惘過，她不知道該如何給自己定位，跟志剛的關係又到底算什麼？志剛的女伴不斷，緋聞總是香豔刺激。他自己也不避人耳目、從不否認。佳慧下過無數次決心，想要終結跟他的瓜葛。但是每當他站在自己門前，用那雙失意、哀怨的眼神看著她時，佳慧就敵擋不住心裡的憐憫與愛意，放他進門，容許他上床，任憑他對她身體的擺布。

一次又一次……

然後到公司裡來，再度聽同事爆志剛的料、掀他的底。佳慧躲也躲不掉，心裡的苦，不知向誰傾訴。

5

德儀是新進的員工，在包裝部門做設計，年齡與佳慧相仿。她沒有公司裡那群老鳥的陋習，沒事喜歡嚼舌根、道人長短；反倒喜歡拿本書，一個人靜靜地啃她的三明治。佳慧一眼就喜歡上德儀的嫻靜氣質，於是主動過去搭訕。不久，她們就變成了無話不談的好朋友。

有一次，佳慧在茶水間聽德儀的讀書心得，兩人像少女般「咯咯」地笑個不停。突然志剛走了進來，表面上一副撲克牌面孔，卻在離開前故意晃到佳慧身邊，小聲地說：「九點？」

佳慧點點頭，臉上的笑意轉成一股幽幽的無奈，目送志剛出去。

這一切，被德儀看在眼裡，精明的她馬上察覺他們兩人之間的關係非比尋常。

6

「剛才那人，是品管部王經理吧？」

看見好朋友不太開心的表情，德儀關心地問。

「是！」

「他找妳有事嗎？」

「沒……沒事！」

「那他說『九點』是什麼意思？」

佳慧的臉漲得通紅。她一向不善說謊、作假，現在在好朋友面前，自己這種吞吞吐吐、不夠坦蕩的態度，更是讓她感到慚愧。但是，她該怎麼說呢？一團淚水頓時在佳慧的眼裡打轉。

德儀見狀馬上摟著她的肩膀，建議說：「我們出去走走！」

7

中午休息時間，電梯裡擠滿了要出去午餐的上班族。德儀和佳慧到附近便利商店買了一杯可樂，坐在大樓前的廣場上。

「王經理……，其實私底下我叫他『阿剛』。」

佳慧決定不再隱瞞。別人不能說，至少德儀這個好朋友可以說給她聽聽吧？這個祕密她憋了好久，畢竟，這是她生活的一部分。不！王志剛是她生活的大部分。減去這部分，她生活中除了工作以外，可以提的就寥寥無幾了。

「我們在一起，前前後後算來有五年了。」

德儀睜大眼睛，整個臉上寫滿了問號。

「他不是公司裡出了名的『花花公子』嗎？聽說除了品管部，其他部門超過半數以上的女性員工都跟他有過一腿。我才剛進來不久，就有人警告我要小心，別被他放的電電到了！……妳說你們在一起，是什麼意思？」

佳慧被問得有點語塞。德儀說的都對，志剛私生活的浪蕩早就是公開的祕密，他見一個甩一個，兩廂情願，從來沒有任何所謂的義務與責任。那麼，她憑什麼說他們在一起呢？她跟志剛生命中其他的女人有什麼差別呢？

「他不時就跑來找我，特別是……」

「拜託！跑來找妳？還不都是雄性激素作祟，又剛好沒有其他女人在身邊。只有妳這個人好欺負！」德儀打斷佳慧的話。

「但是，我不相信其他的女人看過他哭，還有……」

「還有什麼？難不成他向妳求過婚？」德儀真想敲敲佳慧的腦袋。

「沒有！」佳慧小聲地說。「但是據我所知，到目前為止，他只讓我上他家，而且只留我在他家……過夜。」佳慧不好意思起來。

「還不都是他說的！妳哪兒能證明？我看哪，是郎無情、妹有意。妳被愛沖昏頭了啦！」

佳慧低頭不語。她確實愛志剛，否則為什麼要忍受這些年來偷偷摸摸的關係，為什麼會在志剛另尋新歡時，徹夜失眠、哭腫眼睛？她知道她看不見任何希望，她知道歡愉過後，痛苦更深。多少次，她跟自己說：「絕不能再接受這種關係！」多少次，她決心切斷跟他的關聯，甚至想過辭去工作，遷移別處。但是，這一切，在志剛再次按她門鈴、遞上一束鮮花、在她脖子上深深一吻之後，又全部被她忘得一乾二淨。

德儀看佳慧一臉無助傷心的樣子，知道自己多言了。愛情這檔子事兒，剪不斷、理還亂，她自己又不是沒經歷過、沒傻過。她整天看的言情小說裡，不也都充斥著這種虐待與被虐的病態關係？

她摟摟佳慧的肩，陪她一起沉默。周遭人來人往，空氣潮濕又悶熱。好一會兒，德儀嘆口氣說：「回去吹冷氣吧！無論如何，別太委屈自己！」

佳慧點點頭，淚水又在眼裡打轉。

午休回來，佳慧臉上的妝花了，但是心情上，卻因為把多年來的祕密傾洩出去，反倒覺得輕鬆許多。

8

公司年底結算時，業績遠遠超乎預期目標，賺了不少錢。為了犒賞員工，老闆決定到南部的海邊度假屋舉行春節聯歡晚會，招待大家免費吃住三天兩夜。這一陣子，公司裡女同事們的話題，全都是減肥操、流行泳裝、太陽眼鏡與ＬＶ包包。

「好棒喔！可以到海邊度假！」喜歡游泳的德儀興奮地對佳慧說。「我得去大賣場多買幾件短褲、一條海灘裙……不知道那件比基尼還穿不穿得下？」

她自顧自地打點計算，還不忘裝個鬼臉，俏皮地說：「佳慧！先警告妳：別忘了帶耳塞，我晚上睡覺很會打呼哦！」

「我……」佳慧吞吞吐吐地想避開這個話題。但是她非常清楚，在德儀面前，她沒有任何逃避的可能。「我不打算去。」

「什麼？」德儀果然大叫出來！「公司出錢讓我們去享受，妳哪根筋不對勁兒？傻瓜才不去！」

「我正好有事。」

「少騙人了！春節大家都在放假，妳會有什麼事？」德儀說什麼都不買佳慧的帳。

「妳那口子不會一起去嗎？再怎麼說，他也是品管部的負責人哪！」這會兒她機伶地靠過來，小聲地問。

一句話說中佳慧的要害。沒錯！正是因為志剛，她必須留在臺北。其實她也想和同事朋友一起去海邊玩玩，住五星級飯店，放鬆一下長期工作下來的疲憊身心。錯過這次機會，真的非常可惜。誰曉得明年的景氣如何，如果公司不賺反賠，別說這類福利了，可能連飯碗都不保。

但是志剛希望她陪他留在臺北過年。她的心腸軟，不忍放志剛一人冷冷清清地吃泡麵看無聊的春節電視節目，因此便答應了。這下被德儀一提，佳慧的心又癢起來，不禁在德儀面前發起牢騷：

「別提了！阿剛這個怪人，除了吃飯、睡覺、抽菸、喝酒以外，對任何事都沒興趣。」

「他不准妳去啊？」

「他要我留在臺北陪他。」

「這個自私鬼！」德儀替佳慧大抱不平。「你幹嘛聽他的？又不是他的什麼人！

難道他還需要你晚上起來給他泡牛奶、換尿布嗎？」

佳慧苦笑地抿抿嘴。她知道志剛沒有權利約束她，但正因為如此，她的心甘情願才更加讓自己氣結。

「真的不去啊？」德儀語氣軟下來，半哀求、半撒嬌地問。

「我不忍心丟下他一人……」佳慧雖然對德儀感到抱歉，但是相對於志剛，她知道德儀並不缺人陪伴。

「唉，真傷腦筋！」德儀不願逼佳慧在朋友與情人間做選擇，卻仍然不放棄希望，腦袋瓜轉啊轉地，想找出一個兩全其美的解決辦法。

突然，她拍案大叫：

「對了！妳不是說他很喜歡高空彈跳嗎？說不定在南部有機會讓他去試試！」

「唉！只是紙上談兵而已。他根本不會！我想他應該也沒這個膽。」

「這也行不通？真是的！」德儀像洩了氣的皮球。「他究竟為什麼不去呢？」

「他不敢去海邊，一聽見海浪聲就全身發抖，更別想他會在海邊住一夜了！」

「笑死人！住在海島上卻不敢去海邊?! 以前只聽大家說他這個人怪，現在倒讓我見識到了。」

「妳不知道，他第一次約我的時候，是去馬戲團看空中飛人表演。人家在空中盪來盪去，他緊張得把我的手捏得好痛！等到表演者平安降落在彈簧網上後，他二話不說，站起來就要走人，也不管後頭的表演節目。最近幾年他迷上高空彈跳，沒事就上網看別人彈跳的錄影帶，研究人家的姿勢、表情，綁腰還是綁背，還記錄彈跳的高度、地點等等。但是他自己卻從來沒試過。」

「這樣哦？喂！妳看他會不會有什麼毛病？我是說這裡！」德儀用食指點了一下自己的腦袋。「還是他有什麼不可告人的祕密？說不定他以前有個在馬戲團工作的女朋友，不小心摔死了。或是他這個花心大少，在跟人家交往的時候劈腿，導致人家跳海殉情，所以他才不敢去海邊……」

「別亂講啦！妳小說看多了！」佳慧笑著將德儀推開。

9

兩人雖然嘻嘻鬧鬧，但是德儀的一番話卻讓佳慧夜裡輾轉難眠。的確，她對志剛的了解不多。這些年來，逢年過節他都一個人，也從沒聽他提起過家人。莫非他是個孤兒？還有親人嗎？佳慧不僅沒見過他的任何家人，連想邀他到自己家裡見父母，也被他多次拒絕。問多了，他甚至會粗魯地反唇相譏：「妳以為妳是我的什麼人？女朋友嗎？別做夢了！」

最詭異的是那一封封從南部寄到他郵政信箱的信。志剛從不拆開來看，但也不肯丟，就這麼一封封原封不動地放在紙箱子裡。算算也有五六箱了吧？當個寶似的，不准任何人去碰、去摸。

只有一次，是公司的尾牙吧？大夥有說有笑，又唱卡拉OK又跳舞的，他卻獨自躲在角落裡猛喝酒，一句話也不說。後來整瓶威士忌幾乎都被他一人喝光了，回家時走路歪歪扭扭，連鑰匙都插不進孔裡。佳慧好不容易拖他進門，幫他脫掉西裝外套。扭扯間，一封信冷不防地從志剛外套口袋裡掉出來，那一貫的格式信封，讓佳慧一看就知道：又是從南部寄來的！

志剛人明明已經醉了，但一看到掉在地上的信，卻動作快速地一把抓起，敏捷如常。接著，他踉踉蹌蹌地倒在沙發上，對著信傻笑，然後臉色一綳，用打火機把信給燒了！

那大概是他毀掉的唯一一封信。

另有一次，志剛不知哪兒來的好心情，滿臉鮮見的笑容，特地去接佳慧過來晚餐。他準備了一瓶紅葡萄酒，放了音樂，還點上蠟燭，向佳慧大獻殷勤。

就在志剛從身後環抱佳慧，雙唇溫柔地貼在她的裸肩上時，佳慧抬頭瞄見放在衣櫥上的紙箱。不知怎地，她不假思索地問了藏在心裡好久的問題：

「你在南部還有認識的人嗎？」

「沒有。」志剛的回答簡短且不耐。

「那些紙箱裡放著的信，是誰寄來的？」佳慧沒有就此打住，反而繼續追問。

但是，話才一出口她就後悔了。因為志剛的手不再那麼緊抱，原本讓佳慧倚靠的結實肩膀，也漸漸遠離。佳慧轉過身來想打圓場，卻發現志剛已經戴上慣有的嚴肅神情，惱怒地說：「妳管太多了！」

「我只是想多了解你一點！你為什麼要把自己包得那麼緊，不讓任何人靠近?!」佳慧抓住志剛的臂膀，絕望令她衝動起來，近乎歇斯底里。

志剛反射動作般將佳慧的手甩開，冷酷嘲諷著：「跟妳有什麼好說？一個只有高職畢業的女人，懂什麼?!」

說完，他「啪」的一聲關掉音樂，抓起外套，甩門出去！

佳慧餓著肚子坐在沙發上等他。那晚，他徹夜未歸。

10

之後，連續好幾天，志剛在公司裡看見佳慧，就像看見陌生人一樣：冷淡、疏離、就事論事。佳慧失魂落魄，終日等待志剛善意的眼神、揣測他的心境，卻日日在失望中度過。

好不容易熬到週末，她決定當個不速之客，直接去找志剛。

來開門的志剛雖然依舊沒有好臉色，但怒氣已然消退，顯得疲憊不堪。佳慧驚訝地發現：幾天前的燭光晚餐，餐具和燭臺都還原封不動放在原地。一些前菜冷盤也還擺在桌上，沒有收拾。

客廳裡，電視震天價響，歡呼、尖叫聲不斷——又是高空彈跳的錄影帶。

志剛手捧著酒杯，一屁股坐回沙發上。他避開佳慧的目光，指了指電視螢光幕，一本正經地說：「別看他笑瞇瞇的，其實這人是菜鳥，怕得要死！平常你可以放屁、吹牛，但是碰上這個，才可以真正考驗你的膽識。」

佳慧知道志剛雖然感到愧疚，卻死鴨子嘴硬，怎麼樣都不肯道歉。每一次爭吵過後，他總是顧左右而言他，彷彿這是他驕傲的硬脾氣下，所能允許的唯一和解方式。

「這橋不過七十幾公尺，他都嚇得腿發軟！妳看到沒有？那表情，到底是在笑還是在哭？」志剛不屑地取笑。

佳慧突然感到口乾舌燥，她取來一個杯子，為自己注入擺在桌上的紅酒。

「這個人就高竿多了！這塔有一百多公尺高哪！」志剛仍然喋喋不休。「妳看他不綁腰，而是綁腳……哇！還用後飛的方式！」

佳慧在心裡納悶：「分析別人你倒是頭頭是道，對於自己內心的感受，卻麻木不敢面對。」

她並不是沒有脾氣、沒有主見或個性軟弱的女子。工作方面，她的能力強，經濟又獨立，各方面都不依賴志剛。對這個既無禮貌又不懂憐香惜玉、既粗魯又輕薄淫蕩的大男人，她大可以不屑一顧、一走了之。

但是，現在他們倆並坐在沙發上，在這間凌亂的屋子裡。到處充滿的，是菸味、酒臭，以及那濃得化不開的孤寂。

只有在愛中的女人才會有如此強韌的抵抗力吧？佳慧覺得志剛好可憐！她覺得他帶給她的羞辱與傷痛，還遠不及這男人內心深處的傷痕所引發的痛苦、煎熬與桎梏。

就是此刻，在他那拿著酒杯的顫抖手上、在他那說不出「抱歉」的抽搐唇裡，佳慧完全沒有了自憐。她看見志剛弓縮的背上，有好沉重、好沉重的負擔。但是她不知道那負擔打哪兒來，又該如何卸下。她只知道：他們兩人中真正的悲劇角色，其實是志剛。

終於，她伸手握住志剛，沉默不語。志剛被她這麼一握，原本滔滔不絕的自語嘎然而止。他低下頭，不覺吸了吸鼻子。不久，竟傳來簌簌的低泣聲。先是微弱地、不驚動任何人地，後來卻像水壩決堤，一發不可收拾。不一會兒，只見這個大男人哭倒在佳慧的懷裡。

她溫柔地順順志剛凌亂的頭髮，輕聲細語說：「我們一起去澳洲過年吧！」懷中的男人竟像小綿羊般依順地點點頭。不知道是哭泣，還是那解不開的心結，讓他疲憊不已。

這一刻，佳慧再一次完完全全原諒了這個像孩子一樣的男人。

第二章 尋人

1

離開了臺北，也離開了那兒壓抑、躲藏的關係。當飛機升空的那一瞬間，佳慧頓時覺得海闊天空。她望望坐在身邊的志剛，心想：「終於，只有我們兩人！」

澳洲北領地艾爾斯岩石的鬼斧神工、變化多端的色彩；藍山公園裡的懷舊蒸汽火車和鐘乳石洞穴，以及有最古老世界之稱的熱帶雨林等等景觀，在在翻轉了臺北緊湊又有規律的生活。

佳慧盡情享受著，甚至慶幸沒和全公司的同事一起去度假。南臺灣的海邊度假屋就算再高級，她還是寧願選擇人在國外的單純與愜意。尤其，出了國門，沒有同事、朋友的虎視眈眈、監督查詢，志剛就全屬她一個人了。在臺北，他從來不屬於任何人。

想到這兒，佳慧依偎得更緊，手抓得更牢。異國情調裡的兩人世界，讓她興起婚姻的幻覺。也許，再多一點耐心、多一些等待，志剛終會願意定下來？你看！他這會兒不是笑得特別開懷嗎?!

但是佳慧畢竟是了解志剛的。在她那典型屬於女性的求安定、要允諾的夢幻泡沫破滅之後，她不得不承認此時身邊的志剛，依然顯得莫名的浮躁與不安。他對周遭的任何人都謹慎提防、充滿敵意；他的思緒，總像在虛無縹緲間，離她千里遠。

例如，當他們到昆士蘭的動物園參觀袋鼠和無尾熊時，碰巧被一群有父母帶小孩的觀光團體包圍。有一個含著粉紅色大象圖案奶嘴的小娃兒，大概不到一歲吧？頭上戴著一頂圓圓的滾邊小花帽，坐在娃娃車裡，兩隻胖嘟嘟的小手抓著一張糖果紙，一邊認真地扭轉，一邊被包裝紙發出的「嘶嘶」聲逗得「咯咯」笑。那會兒，別人都踮著腳尖、伸長脖子在看無尾熊媽媽肚子上掛著的小崽，只有佳慧被這個坐在娃娃車裡、自得其樂的可愛孩子深深吸引住。正當她忍不住蹲下身來，望著那孩子深藍色的眼睛發呆時，志剛卻突然粗魯地一把將她拉扯著向前。佳慧這才回過神來，只來得及在離去前匆匆向推娃娃車的婦人笑了一笑。

「妳發什麼神經病？沒看到人家媽媽的表情？還以為妳想拐走她的小孩哩！」志剛把佳慧罵得狗血淋頭。

「你有沒有看到？那孩子好可愛！」

「又不是妳的！可愛有什麼用?!」

「我們也可以……你想不想……？」

佳慧的話還沒說完，志剛已經甩開她的手，快步鑽進人群裡去。看著他冷漠無情的背影，佳慧不禁眼前一陣濕潤，一顆火熱的心被丟入冰涼的深海裡，只感到無限的失落與悵惘。

2

原本佳慧以為能一天二十四小時跟志剛形影不離，跟他聊聊心事、談談一天旅遊下來的感想。但是志剛卻堅持擁有自己的自由與空間，即使人在國外，處在周遭都是陌生人的環境中，他依舊和佳慧約法三章：每天午飯後的兩三個小時，他不願意被打擾。

這天下午，佳慧一個人去飯店的健身房游泳、做做三溫暖。志剛懶洋洋地留在房間裡，向服務生點了一杯到房服務的紅葡萄酒，一邊習慣性地打開電腦。上網看新聞、查電子郵件，是他每日的例行公事。早餐可以省略，運動可以不做，電腦卻不能一天不開機。即使不處理公事，隨意瀏覽網上的報導，早已成為他放鬆自己的最佳方式。

但是，今天的首頁才剛顯示出來，志剛就全身緊繃，再也無法放鬆！他看到螢幕上的焦點新聞赫然寫著：

南臺灣之光——宏道糕餅店贊助青少年，提供工作實習機會，在地方傳為佳話！

在好奇心的驅使下，志剛馬上點擊那則新聞。與此同時，他卻感到心跳加速，發現自己根本無法細讀文章，反倒更像餓虎吞狼般，急促地從頭到尾掃描一遍：什麼「開放家庭」、「成為服務、回饋社會的好典範」、「慈善事業」等等。最叫志剛坐立難安的，是糕餅店老闆娘的話：

為了延續兒子對朋友的愛，藉這機會呼籲長久失聯的朋友，希望他能回來，因為兒子死前有話交代……

「啪！」的一聲，志剛觸電般迅速把電腦蓋上！自己眼花了吧？他想起以前曾經讀過一本小說，男主人翁打開電視時，發現電視機裡的聖誕老人正指名道姓地對著他說話：「喂、喂！就是你！不用轉過頭去，我正是在說你。陳××，土城看守所，竊盜、吸毒前科……」但那畢竟是小說啊！跟現實生活不搭嘎吧？他搖搖手中的紅葡萄酒——「喝多了嗎？這一小杯，應該還不至於到喝醉的地步！」

他不安地站起身來，在房間裡踱著方步，一邊不時睇著電腦螢幕，眼神好像做錯事的小學生，探尋著老師的臉色。

往事，正一步步追了上來……

3

宏道！曾經那麼熟悉的名字。二十多年來，不曾再說過、再聽到。現在，卻化身糕餅店來向他招喚。老闆娘說什麼來著？「為了紀念兒子對朋友的愛」？「有話交代」？

房間裡密不通風的空氣讓志剛感到窒息，他踱到落地窗去，一把勁兒把窗子推開。還好佳慧不在，否則除了惹來一堆詢問之外，他也不確定自己會有什麼情緒上的反應。不知道為什麼，在佳慧面前，他就特別容易激動。男人有淚不輕彈，為著曾經讓佳慧看見自己的失態，他還一直耿耿於懷。

「該死！沒事把電腦帶來幹啥?! 度假還把自己搞得心神不寧！」想歸這麼想，志剛的兩眼，卻像根指南針，轉過一圈之後，還是停留在電腦那具吸盤上。

終於，他蹣跚地走回螢幕前，沒注意到自己早已汗流浹背，開機的手潮濕黏膩。這次，志剛定下心來把全文看完。沒錯！是劉家沒錯！記者不僅做了專訪，還在文後打上超連結，讓有興趣的人點擊上去看完整的錄影報導。

不曉得是哪兒來的勇氣，也或許是潛意識的催促，志剛隨之進入了Youtube。首先映入眼簾的，除了光臨的顧客之外，便是許多幫忙清理、排點、招呼來客的青少年。廚房裡另有一批年約十五六歲的學徒，在擀麵、鋪盤、烘烤。

糕餅店的老闆娘說，這些青少年都是來實習、幫忙的。平常她開放店面供大家參觀，讓有興趣或有需要的人來學習。從製作糕餅，到包裝、銷售、顧客服務等等，按個人的性向與喜好來參與。多年來，他們已經培養出許多優秀的糕餅業者與企業人才。

他們不以營利為首要目標，而是提供一個開放、和善、自由的空間，讓來到這兒學習的人，享受到如家庭的溫暖，真誠地彼此關心。

「在絕對保密、對參與者忠誠的原則下，我們傾聽彼此的心事，分享彼此的憂慮，互相禱告，彼此鼓勵。」老闆娘熱切地說。「尤其是那些出自問題家庭，或感到孤單寂寞的青少年，不僅在這兒學到一技之長，最重要的，是獲得與旁人正常、平和交流的機會。」

「有沒有發生過衝突？」記者問。

「難免。但是到目前為止，我們都能夠以開導、溝通的方式解決。」

「照顧這麼一大群別人避之唯恐不及的問題少年，會不會感到疲憊？」

「不會。他們都喊我『劉媽媽』，我也把他們當自己的孩子一樣看待。」老闆娘低調地說。她不認為自己在做「慈善事業」，只是看見了別人的需要，期盼運用自己的專長與所有，盡量去幫助他們而已。

記者問到創立「宏道糕餅店」的動機，老闆娘解釋說：「宏道是我的兒子，他在二十多年前過世了。為了紀念並延續他對朋友的愛，所以才有成立糕餅店的念頭。」

說完，她轉向攝影機，鄭重地表示：「我們跟宏道的好朋友失去聯絡已經好多年了，在此我要藉這個機會公開呼籲：希望他能回來，因為兒子死前有話交代他。」

「哐啷」一聲，志剛抽動的手不小心把放在電腦邊的酒杯打翻，嫣紅的酒漬潑灑到他米白色的褲子上。「幹！」不巧，他移開的腳又正好踢到桌板，害他連連喊痛。

不過，他外在的狼狽遠遠不及內心的爭戰：回去？他哪兒還能回去?! 連前年父親過世，他都沒有回去奔喪。哥哥在電話裡罵他：「不孝子！冷血動物！」既然是冷血的不孝子，就得當得名副其實吧？

再說，不知道已經多久了，也不知道從什麼時候開始，臺灣自彰化、雲林以南，對志剛而言便不存在了。他寧願花錢出國旅遊，或者在家悶著頭睡大覺，也不願越雷池一步。他早已將青春、家人和友誼統統埋葬在那裡了。平常往事鬼魅般的糾纏他無能為力，但是他自己一定是能躲則躲，盡可能不去招惹任何過去的記憶。

然而，宏道有話交代！他，是不是後悔自己愚蠢的行徑，怨嘆交到一個軟弱沒擔當的「朋友」？劉父、劉母是不是要跟他算總帳，要求他代替兒子盡義務？那二十多年來從沒間斷的信，不就是最好的證明？志剛雖然從來沒拆開來看過，但它們不全都透著濃濃的討債氣味?!

「別想我會去自投羅網了。你們就當我被車撞死算了！早就從人間蒸發，何苦還來尋找什麼蹤跡？」雖然志剛腦子裡這麼想，手指頭卻不聽使喚地點上螢幕，將網上的劉母照片放大。那位曾經擁抱他、笑臉盈盈的婦人，依然有著當年和善的輪廓與氣質。不同的是：歲月，啊！無情的歲月，也毫不例外地在她臉上刻下一條又一條的深溝；她頭上的青絲，已然變成了白髮。

志剛的心一揪，淚水不禁在眼眶裡打轉。長久以來被他忽略、閃避的愧疚感，此刻像孫悟空頭上的金箍，被唐三藏唸了緊箍咒，緊緊夾住他不放。

這時，飯店房間的門鎖被打開，佳慧紅光滿面、精神奕奕地走進來。志剛趕忙換上另一副面孔，關上電腦。在佳慧開口問他發生了什麼事之前，他搶先說：「我恐怕得提前回去……還有點事兒要辦！」說完，他丟下目瞪口呆、摸不著頭緒的佳慧，大步逃竄出去。

第三章 回鄉

1

縱貫臺灣南北的高速鐵路剛剛完成通車，其快速與方便，在二十年前是沒人能夠想像的。現在臺北到高雄三百多公里，大約只要一個半小時，跟當年平快車漫長的晃蕩、頻頻轉換列車的麻煩比起來，真是不可同日而語。

提著簡單行李，在擁擠旅客中排隊上車，多年前跟著爸爸北、中、東、南，繞著臺灣四處搬家的情景，再度浮現志剛的腦海。只是，曾經滄海難為水，記憶猶在，卻早已物換星移。坐在舒適寬敞的座椅上，感覺一切好不真實！當年的小伙子，如今鬢毛已灰白。

記得有首唐詩，好像是這麼寫的：

少小離家老大回，鄉音無改鬢毛衰。兒童相見不相識，笑問客從何處來。

志剛從來不是用功的學生，此刻竟然還能背出整首詩來，連他自己都感到驚訝！「扯！老子還不到四十呢！什麼老不老的？」他不禁罵自己「神經病」，為這沒來由的感傷感到莫名其妙。「再說，那兒也不是我的故鄉！」

說雖這麼說，當車子到站，下車的那一刻，志剛仍然清楚意識到這地方與自己深深的糾纏，雖然他極不願意承認。

二十多年了！終於再度回到他在青澀歲月裡所居住的小鎮。沒有回鄉的雀躍與興奮，伴隨他的，反倒是恐懼與未知。

中正路已不是當年的模樣。許多舊屋老舍已經拆去，現在車水馬龍，招牌林立，雜亂中同時展現著繁榮。

志剛走在一個對他來說完全陌生的城市，二十多年前的迷惘與無措再度襲上心頭。就這麼直搗黃龍，上劉家敲門嗎？志剛猶豫不決，他可不想害老人家因為驚嚇過度而心臟病突發！

對街有一家酒吧，正閃爍著刺眼卻沒什麼品味的七彩霓虹燈。志剛像被催了眠，傻楞楞地走進去，點了一杯伏特加，坐在吧檯耗著。他想，此行就算不是愚蠢的決定，還是需要點時間做好心理準備。這地方，即使變得再多，也變不了他不堪回首的記憶。

2

這時，有個身材肥胖、邋遢骯髒的男子，一直朝自動點歌機裡丟錢，重複點播葉啟田的〈愛拚才會贏〉。

聽完第三遍之後，志剛受不了了。他轉過頭去想狠狠瞪那點歌的人一眼，卻發現那人竟是——俊哥！

歲月讓他的體型嚴重走樣、髮疏而灰白，但是他的註冊商標——下垂的眼角及右臉頰上的刀疤，讓志剛肯定自己絕對沒認錯人。

志剛一口氣灌下伏特加，站起身來，朝那個孤零零、不斷用酒瓶蓋敲打桌子的人走去。

「俊哥！」

那人沒有反應。志剛索性在他的對面坐下，眼睛移到和他一樣的高度，再次叫道：「俊哥！」

這次，那人像從睡夢中驚醒一般，揚起眉頭看看志剛。大約三四秒鐘時間，他終於嘟噥著說：「幹！是你啊，阿剛！」

志剛咧嘴笑了。他和俊哥的交情不能算太好，但是在這種情況下和他不期而遇，倒讓志剛大大鬆了一口氣。他正需要一個從過去的日子走出來的人，而且不能是家人或與宏道有任何關係的人，來和他敘敘舊、幫他釐清思緒。

「好久不見了！一個人出來喝酒啊？」志剛打開話匣子。

俊哥斜眼瞄過去，舉起酒瓶，灌下一大口，不做任何回應。

「混得還好吧？」志剛企圖把場面弄輕鬆點。

但是俊哥仍然一副愛理不搭的樣子。

「老大和其他人呢？」

「你不在很久了ㄏㄡ?!還是那麼不上道！」俊哥似乎有點惱怒，開了口卻看也不看志剛一眼。

「我二十多年沒回來了。這裡變了好多！」

「你也沒青春永駐啊！」俊哥諷刺地說。「不過，看起來好像混得還不錯！」

「嘿嘿！託你們大家的福。」

「狗屁！我們哪有什麼福可以託給你?自身都難保了！」

「你們……拆夥啦？」

「不拆行嗎？你以為這行可以幹多久？」

「那大夥兒都到哪裡去了？」

「看來你真的什麼都不知道——」

「我怎麼會知道？二十多年跟你們完全沒聯絡！」

「早就散光了！」俊哥又灌下一口酒。「在監牢裡，沒被整死也被磨平了。以前那一套，除了唬唬新進來的菜鳥，還能幹嘛？不散，難不成還想在裡頭爛掉啊？算你運氣好，當年沒被逮著！」

俊哥究竟被關了多久？關了幾次？什麼時候出獄的？這些志剛都不方便問。事實上，也似乎不重要了。現實是：他變得意興闌珊、頹廢消沉，五十歲不到，頭髮稀疏，滿嘴黑牙，講話時還得不斷吸吮滴下來的口水。

志剛的背脊突然一涼！俊哥說得沒錯，當年果真是運氣好，否則現在眼前的這個人，也可能是自己！如果當年老大的毒品走私沒被查獲，如果他繼續和他們混下去⋯⋯

3

「來！再喝一杯吧！我請客！」為了打斷自己的思緒，志剛爽快地決意做東，在俊哥的酒瓶見底之際，又替他和自己各叫了一瓶啤酒。

認酒不認人的俊哥，看見有人請客，態度慢慢熱絡起來。

「有件事想請問你。」乾下第二杯酒後，志剛重拾話題。

「問吧！」

「當年你們從我家門口逮去的，是什麼人，你知道嗎？」

「那傢伙，叫什麼名字我忘了，但是是個十足的怪胎！」

「你還記得?!」志剛不由得大感驚訝。

「當然記得！這種事，一輩子也碰不上幾回。」

「怎麼說？」

「細節我記不清楚了，只記得他從被逮來之後，就一句話也不說——不求饒，不喊冤，非常有種！」

「他沒說不是我哥哥嗎？」

「嘿！你說奇怪吧？我們當中沒有人懷疑他的身分，他自己也不辯解。他跳下虎嘯嶺之後，大夥都以為事情了結，可以放心了……」

「你們把他從虎嘯嶺丟下去?!」志剛激動起來。

「沒有！你沒聽我說啊？是他自己跳下去的！」雖然早已經事過境遷，俊哥依然極力否認。

「老大本來是有指派我和小番去把他丟下去的，但是……怪就怪在這裡……」俊哥突然變得結結巴巴，「根本不用我們動手，他自己就轉身跳下去了。」

俊哥不自覺地打了個哆嗦，繼續說道：「老大說：『他既然要自殺，就不關我們的事了。』可是……」

「可是什麼？」

「他的屍體被漁夫發現後，警方將死者的名字、身分全登在報上。我們起先以為又是一個不小心掉下虎嘯嶺的人，跟那天晚上的事沒有關係。後來才知道：死者就是那晚當著大家的面跳下山崖的人。他根本就不是你哥哥！問題是：那他幹嘛不說清楚呢?長這麼大，在江湖上混了那麼久，還沒遇過自願替人家死的笨蛋！」

俊哥啜一口酒，接著說：「不過啊，這個發現把大夥兒搞得毛毛的，沒有人搞得清楚到底是怎麼一回事。但說也奇怪，這件事後來竟變成了大夥兒的禁忌，沒人敢再提起。但越是不提，我就越常想起他被打、被踢，卻什麼話也不說的樣子！……我不會說啦！他要是還手、哭喊，或是求饒都好，但這樣安安靜靜、心甘情願地替人去死……」

俊哥搖著頭感嘆道：「你要知道，那晚的風浪好大，虎嘯嶺上的風『咻咻』叫個不停，任誰都會嚇得要死。他卻一臉鎮定！真是把我們這些平常習慣用拳頭說話的人都打敗了。直到今天，我們還是不太確定究竟是誰去跟警方通風報信的。出獄後，聽說你跑去臺北，竟然也沒人想再去跟你算這筆帳。連你哥哥，都沒人敢去碰了。好像我們之間的債，已經有人用自己的性命做了了結。」

志剛猛眨眼睛，不希望眼淚流下來。還好酒吧裡的燈光昏暗，俊哥又正好在低頭喝酒，志剛才能免去尷尬的解釋。

「喂！不過說真的，我倒想問你：那個人跟你是什麼關係？」這回換俊哥提問題。

「他是我的朋友。」志剛的聲音有點哽咽。還好俊哥喝多了，沒能聽出來。

「朋友？原來你出賣朋友！你給了他什麼好處？還是灌了什麼迷湯，讓他像隻綿羊一樣聽話?!」

志剛很想大喊：「我也很想知道，他到底是哪根筋不對勁！」

他的心頭波濤洶湧，自責與羞愧壓得他幾乎要窒息。他多麼希望當年死的人是自己！死了，這世界上就可以少一個被痛苦折磨的沒用的人！

志剛再也坐不住了！留下才喝了半瓶的啤酒，他倏然站起來，從皮夾裡胡亂掏出一疊紙鈔，遞給俊哥。

「我先走了！還有急事要辦。俊哥，你多保重！」

4

走出酒吧，志剛的心情矛盾又複雜。在愧疚之餘，還有極強烈的憤慨。他不懂宏道！他埋怨宏道！

「為什麼？為什麼?! 就為了逞英雄嗎?!」他不禁在心裡咒罵。「二十多年了！你還要折磨我多久？……有話要說是嗎？那就放馬過來吧！」

此刻，志剛有了明確的行動目標——直奔宏道的家！

第四章　遺書

1

但是，宏道的家在哪兒呢？

過去他為了躲避父親的怒氣，或是傍晚出來閒蕩時，騎在「鐵馬」上遊走的小巷道，現在都已無跡可循。馬路變寬了，房子變高了。他怎麼找，都找不到記憶中一幢幢並排挨著的紅磚平房。

印象中，前往宏道家有一段路是稻田，現在也消失得無影無蹤。放眼所及，盡是一間間摩登的鋼筋水泥建築，跟臺北沒有太大差別。

志剛匆促的腳步遲緩了下來。他像一個迷路的小孩，被拋棄在一個完全陌生的城市裡。比薩店、眼鏡行、牙科診所、補習班、泡沫紅茶攤……，小鎮的繁華都市化，令人目不暇給。吃喝玩樂應有盡有，就是沒有志剛需要的路標。

就在他打算放棄繼續尋找的當兒，一幢冷峻的玻璃大樓反映出一個熟悉的屋簷，突然閃過志剛的眼角——是劉家！那間平房小厝，像睡美人的城堡，夾雜在都市叢林間，竟依然保持原樣。彷彿時間跳過他們，不在他們身上留下任何歲月的痕跡。

再一次，劉家給了他熟悉的氣味；再一次，劉家讓他有回家的感覺。志剛燥熱的血氣平緩了下來，先前的那段尋尋覓覓，在他看見劉家堅固厚實的橡木大門時，頓時有了心安。

他迫不及待伸出手，卻在即將按下門鈴之際，緊張地猶豫起來。

門裡傳來爽朗的笑聲，有人開心熱鬧地談笑。志剛不想製造尷尬的場面，想想還是轉身離去的好。但就在此時，彷彿有人心有靈犀，大門「嘎」的一聲被打開來。

站在志剛面前的，是個十幾歲的青少年。開朗的面龐、青春陽光的氣息，讓志剛一時之間，竟以為是宏道死裡復活了！

「請問你找誰？」少年笑意盎然地問。

「請……請問，劉伯父、劉伯母在嗎？」志剛不禁結巴起來。

「在！請你稍等一下。」少年靈活地轉身，向屋裡大喊：「劉爸、劉媽！有人找！」

劉母快步走出來，身上圍著圍裙，雙手沾滿黏濕的麵粉。

「你好！請問有什麼事？」仍是一貫的親切與和藹，顯然已不認得志剛。

「我……劉伯母……我是……王志剛。」

他的聲音是如此細小，劉母卻已然聽到了。她上揚的嘴角漸漸鬆垮，臉上閃過一抹驚訝與嚴肅。只見她慌亂地低頭搓揉著黏膩的雙手。

「王……」她再度抬起頭來，盯著眼前這個因為尷尬而滿臉通紅的男子，雙手不由得摀住口，完全沒注意到手上的麵粉抹髒了臉頰。

「王志剛！」她喃喃地重複志剛的名字，一顆頭點了又點，像在確定一件重要的事。隨即轉身大喊：「老伴！快來！」

除了剛才開門的少年，屋裡還有另外三名年輕人，正在飯桌旁一邊揉麵粉，一邊用模型按出不同形狀的餅乾。每個人的手和頭髮，甚至睫毛都沾著細細白白的小雪花。

「什麼事這麼緊急？」劉父聞聲，急忙從廚房裡出來。劉母拉著志剛的臂膀，哽咽地對丈夫說：「是王志剛！」

劉父看著志剛，不住地點頭。臉上的表情說不出是欣慰、感傷、悲涼，還是苦楚。三個人面對面站著，許久不出聲。一旁的四位年輕男女也只能面面相覷，不知道該如何反應。他們臉上原本蕩漾著的笑意，在看到劉母的激動、劉父的沉默，以及來客態度的詭異之後，不自覺地凝結住了。原本屋裡歡樂的氣氛整個兒變了調。

志剛覺得自己必須說點什麼，卻不知道該如何啟齒。從進門的那一刻起，他就覺得自己不屬於這裡。這裡的人互動間是如此和諧又有默契，而他就像一粒老鼠屎，不該掉進這鍋香美的粥中。

看見志剛的渾身不自在，再加上不願在那群不明就裡的年輕人面前細談往事，劉母朝蒼白瘦弱的丈夫說：「讓我來吧！」

2

劉母領著志剛，來到宏道過去使用的房間。

志剛記憶中的單人床已經換成上下鋪，粉綠的牆壁也改刷成淡黃色，並且貼滿許許多多不同的人的照片，以及來自世界各地的風景明信片。

「這些都是來過我們家或是住過我們家的孩子。」劉母指著牆壁上的照片解釋道。「宏道過世後，我們把他的房間整理出來，供需要的人使用。現在在外面幫忙的年輕人，都是我們家的常客。」

志剛支支吾吾地說：「我……今天來……抱歉……很久沒聯絡……我……」他實在恨不得有個地洞讓他鑽進去！

劉母看出志剛的困窘，連忙按著他的手，點頭表示自己心領神會。她緩緩站起來，從衣櫃的上方取下一個木盒子，然後從盒子裡拿出一封信遞給志剛。

志剛心裡有數，全身顫抖不已。一時之間，他沒有勇氣接過信來。

劉母不催促也不詢問，他們兩之間聯繫著同一則感傷往事。雖然事過二十多年，雖然沒人開口說，但是，沉默正表示他們共同的哀悼。

好一會兒，志剛終於抬起頭，在劉母眼神的鼓勵下，開始讀信——

親愛的爸、媽：

再過一刻鐘就凌晨四點了。等天一亮，我就要出門，去幫志剛解決一個難題。因為情勢緊急，所以無法跟你們商量，請你們原諒。但是，你們必須知道：我這個決定，不是衝動之舉。昨晚我整夜沒合眼，就是一直在思考這件事情。

長久以來，我不斷試著幫助志剛放下他心中的苦毒與怨懟，卻一直苦無辦法。志剛缺乏的是愛，要讓他擺脫恨意的糾纏，唯一的辦法，是讓他感受到愛。他必須知道有人深深地愛他、無條件地愛他，不為他的成就，不問任何報酬，只單單因為他是他而愛他！

幫助志剛，甚至可以說拯救志剛，已經成為我心中的負擔，我無法袖手旁觀，視若無睹。

親愛的爸媽，我衷心希望你們能夠了解；我相信你們能夠了解。

還記得爸爸被生意夥伴詐欺之後，我們家從富裕的生活一下子跌進捉襟見肘的窘境。那段日子，我聽見你們不斷禱告：「上帝啊！請不要讓我們變苦毒、生怨恨、發怨言！」我看見你們在面對不公、邪惡與重傷中的掙扎。同時——這是我非常引以為傲的地方——我也經歷到你們在這場對抗惡魔的爭戰中，光輝榮耀的勝利！從你們身上，我學習去原諒、去信靠，最重要的是，去愛！

感謝上帝，讓我擁有你們兩個如此棒的父母！從小到大，你們一直用無止無盡的愛包圍我、擁抱我，我從來不必刻意去表現，因為即使我失敗或犯錯，你們也會在指正過後，依然無條件地支持與接納。我的心被你們的愛充滿，像涓涓湧出的泉水，讓我不由得想去分享這份愛，不願獨享孤嚐。

現在，機會來了！

剛剛志剛跑來向我求救，他走投無路，甚至有生命危險。

我想是採取行動的時候了。

現在是除去志剛心頭恨的機會，是拯救他一生的契機。

志剛鑄成的大錯，並不需要包庇、粉飾。我只是看到：造成他犯錯的原因，有很大一部分是因為他從來沒有領受過這種接納、托住他的愛。

爸、媽，此趟一去，不知會發生什麼事。但是我的心是準備好的，我沒有畏懼。只是，如果我有什麼不測，對你們來說，將會是極大的苦痛與損失。我身上的災難與痛苦，就等於是你們的災難與痛苦，甚至有過之而無不及。這點，我從幾年前的臥病不起，你們無微不至的細心看守中深深體認。

啊！爸、媽，請你們原諒我所做的決定。如果因為我的犧牲，能夠挽救一個墮落無望的生命，能夠讓他體驗到身體力行的饒恕與愛，那麼，這樣的犧牲就不會是白費的。

志剛深陷黑幫的泥淖中已久，抽菸、喝酒、賭博樣樣來。糟糕的是，現在他們還做毒品的生意。如果這幫人不被逮捕，志剛遲早也會沾染上，永遠逃不出他們的手掌心。到時候，他的一生就真的毀了！

這事，如果我能阻止，豈能袖手旁觀？

我知道你們會同意我的看法。畢竟，是你們將這種無私無懼的愛教導給我，成為我的榜樣。

不管發生任何事，我都希望你們不要責怪志剛，因為我不責怪他。我要責怪的，是在他心中牢牢扎根的恨、苦毒與謊言。也就是說：我痛恨他對別人的痛恨。

請轉告志剛：有人無條件地接納他、愛他，請他千萬不要看輕、作賤自己，不要糟蹋自己的生命。還有，就是請他學著去愛與饒恕。愛與饒恕！啊！多困難的功課！但是沒有它們，人就無法嘗到真正的平安與喜樂，不是嗎？

那麼，我就在此停筆了。

爸、媽，在這個世界上，我們有患難與悲傷，肉體的生命或許會終止毀滅，但是我們的靈魂，終會再有相聚的一天，永遠不與彼此分離。

愛你們的兒

宏道 留

3

信還沒讀完，志剛早已涕泗滂沱。

原來，宏道不是被逼死的！他的墜海不是意外或搞不清楚狀況，更不是屈服在黑道那幫人的脅迫下。他早就料到會有生命危險，他的犧牲，是心甘情願的！自己還以小人之心度君子之腹，以為宏道要藉機逞英雄。

「我不是人，真不是人！」志剛羞得無地自容，淚水再度決堤。想到自己二十多年來的自私、躲避與自義。

事實上，自從宏道死後，他就封閉自己，靠不停的工作來麻痺自己的神經。表面上是勤奮努力，私底下卻是一片空虛。他斷絕跟家裡的任何關係：不探訪、不聯繫、不關心，只留給他們一個郵政信箱地址。親情對他而言，只屬於多愁善感的無聊份子。他寧可選擇沒有道義、忽略良心、鄙視任何感情。

然而，他到底在欺騙誰呢？事實是：逃得越遠，脖子上的韁繩就被拉得越緊；越是追求解放與自由，肩上承載的擔子就越重！

志剛想告訴劉母：他不知道何時才能擺脫掉一身的疲累！他其實並不堅強，好多次，他幾近崩潰……

結果不待說話，他已經情不自禁地跪在劉母身旁痛哭。

劉母跟著老淚縱橫，哽咽得說不出話來。許久，她才悠悠地說：「起先，我們想不通一向小心的宏道，怎麼會在颳風下雨的天氣跑去虎嘯嶺。後來我在他的抽屜裡找到這封信，繼而想到報上登的『破獲毒品走私』的新聞。兩件事聯想在一起，我們就明白一切了。我想，是他去報的案，然後再去替你頂罪，對不對？」

「我……是我設計陷害我哥……黑道要抓的是我哥，不是宏道……」志剛斷斷續續地說。

「宏道知道我無論如何都脫不了身，就充當我哥……他……救了我哥，也救了我……」志剛越來越激動，不能自已。

「該死的人是我，是我！請你們原諒……」

劉母憐憫地看著志剛。「不要這麼說。我們早就原諒你了。我深知自責可能帶來的折磨，所以希望找你談談。沒想到你已經失蹤。去問你的家人，他們也不知道你的去向，只給了我們一個郵政信箱的地址。我們只好一直寫信，希望你能跟我們聯絡。其實，我們天天都在盼望你的歸來。」

「原諒我了？怎麼可能？」志剛噙著淚水，不可置信。「我從來沒有認錯，沒有請求原諒不說，還躲得遠遠的。你們寫的信，我不看也不回……」

劉母堅定地點頭，表示能夠理解體諒。

「但是，我奪走了宏道，他是你們唯一的兒子啊！」

劉母感嘆說：「宏道確實是個好孩子！他在我們心中的地位永遠也不會改變。但是，你看！上帝是信實的，祂帶走我們一個兒子，卻賜下更多的兒女給我們。不論是家裡或是糕餅店，我們從不缺人手幫忙。這些孩子給我們的溫暖，讓我們一點也不感到孤單。」

劉母語重心長地繼續說道：「志剛！我要你牢牢記住宏道的話：他愛你，願意為你犧牲。我們也不怪你，只希望你能好好做人，不要被愧疚、苦毒、怨恨或自責羈絆，也希望你不要再躲避、拒絕我們。」

如同二十多年前的初遇，劉母給志剛一個真誠的擁抱。

「那麼，我先出去了。」劉母擠出一絲笑容。「餅乾大概都烤焦了！」

志剛明白劉母的用心，她是想讓志剛獨自靜一靜，理清思緒，整理因淚水而浮腫的面容。

4

坐在昔日好友的房間裡，志剛此時真是百感交集。

第一次，他讓一種陌生的情緒佔據心房——那種在母親過世後，或是離家北上時，時常會出現，卻馬上被他排拒掉的情緒。現在，他環顧四周，聞著過往宏道身上特有的劉家氣味，他知道——他終於願意承認——那股滿滿充塞心田的抑鬱，叫做「鄉愁」。

像覆蓋在眼前的面紗被一舉掀開一般，過去的盲點頓然消失，他看清晰了：宏道曾經給他溫暖，試著和他分享這個他不曾擁有的、完整溫馨的家。天曉得，他多麼羨慕宏道！但是羨慕並沒有給他帶來感謝與珍惜，反倒是一股頑固的憤憤不平。王志剛啊，王志剛！你是多麼輕狂！多麼愚蠢！

5

突然，門外傳來輕輕的叩門聲。志剛因為思緒被打斷，喉嚨一緊，竟發不出聲音說聲「請進」。正打算站起來去開門之際，劉父已經推門進來。

「我只是想告訴你：我的想法與我太太一致，你不用對我有任何防備之心。」

「謝謝！」志剛低著頭，小聲地說。

「我們說原諒，就真的原諒了。剛開始當然很不容易，一想到宏道這麼一個優秀、聽話的乖孩子，就這麼……」劉父拭去奪眶而出的淚水。「你能想像在兒子失蹤三天之後，接到警方的電話，再見到兒子時，他的屍體已經變紫發黑的心情嗎？」

志剛埋頭不語。

「我們去認屍的那一天，我太太咬著嘴唇，直到鮮血直流還沒發覺。之後的好幾天，家裡鴉雀無聲。只有一次，我太太在洗碗時，不小心打破盤子，割傷手指，結果我們兩人抱頭痛哭失聲。」劉父單薄的聲音顫抖不已。

「原諒你並不是我們本能的反應。事實上，我心中的那股憤怒直催逼著我去報復、去找你討回公道。我甚至不止一次地詛咒你，希望你不得好死！但是，『赦免我們的罪，好像我們饒恕了得罪我們的人』，這句經文宏道生前背得滾瓜爛熟！……於是我和太太約定好，逼自己每個禮拜寫一封信給你，逼自己不發惡言，而是試著去實踐饒恕。

告訴你這些，是要你知道：我們的傷痛有多深，饒恕就有多深。雖然你不曾過來認錯。我們的饒恕，並不是廉價的口惠，而是痛徹心肺之後的決定：決定毫無條件地原諒你。事實上，我們所能做的，也只是這個決定而已。其餘的一切，全是上帝的作為。透過十字架，我們看見上帝的寬容與愛。最重要的是，祂透過耶穌告訴我們：喪子的錐心之痛，祂明白！我相信這一切都有上帝的美意，所以決定信靠祂，將我的悲傷交付給祂。結果，上帝果真是信實的，祂的的確確安慰了我們傷痛的心，沒有讓我們倒下去。」

劉父走過來，把兩手放在志剛肩上。「王志剛，你知道嗎？人若是選擇記恨、不肯饒恕，那他的一生就被他所恨的人控制住了、不自由了、不坦蕩了。何苦浪費心神和精力在那上面，白白折磨、消耗自己呢？放手吧！原諒別人，自己才能得著新生。

這些年來，上帝的愛不斷托住我們，宏道的遺書安慰我們。所以我們決定用同樣捨己的愛去愛別人、愛你。我們相信：他的犧牲一定不會白費，有一天，我們一定能盼到你的歸來。」

志剛撲地一聲，跪了下來，痛哭說：「我一直盼望、不停地做夢，宏道墜海時有人在底下鋪一張網接著，有人及時用繩子把他綁住……他其實沒有死……他應該還活著！」志剛再度語無倫次。

劉父瘦骨嶙峋的手將他扶起。「宏道確實死了！但是你可以好好活著。」他拍拍志剛的背，鼓勵說：「好孩子，安心地去吧！」

第五章 虎嘯嶺

1

離開劉家之後，志剛直驅虎嘯嶺。

離開這個小鎮多少年，他就有多少年不曾這麼靠近海岸。自從宏道墜海死亡的消息上報之後，志剛一聽到海浪聲就顫慄，一吹到海風就心悸。少年時他的泳技高超，讀書贏不過人家，游泳卻一定拿第一！但是那是多麼遙遠以前的記憶了呀?!現在，在臺北認識他的人，都以為志剛不諳水性，是隻怕水怕得要死的旱鴨子。

今晚，在明亮月光的照耀下，山崖顯得異常蒼白荒涼。志剛忘記了自己對海岸的懼怕，快步走上虎嘯嶺。站在高聳險峻的崖上，憶起過去與宏道相處的種種：第一次在釣具店前的偶遇、一起釣龍蝦、看夕陽、說心事，宏道的規勸、那深刻的友誼……對了！還來不及教他游泳呢！

想到此，志剛又不禁淚流滿襟，不能自已。

「我還有什麼藉口？還能再逃避多久？」他終於誠實地面對自己。「原來，我從來就沒擺脫掉心裡的罪惡感！被關在心牢裡的囚犯，從來就不曾釋放。時間久了，反倒成了自己的一個影子。」

現在，往事已經追上他。他無法再壓抑、否認，是該做一個交代的時候了。

「跟宏道的寬容、無私、捨己比起來，我是多麼醜陋、狹隘！多麼可悲！不僅從沒想過要原諒爸爸和哥哥，還汲汲營營地只顧追求自己的慾望和利益。事業上，不惜奉承諂媚、結黨鬥爭，幾乎是踩在別人的傷口上往上爬。但是爬到高處之後，得到的又是什麼呢？在自我中心的鞭笞下，銀行戶頭裡的數字雖然節節高升，但是，孤獨、寂寞、空虛與疲憊，也賺來一籮筐！」

站在山崖上，居高臨下，志剛益發感到自己孑然一身。但是，他竟然不發抖了！山風徐徐吹過他的面頰，遠處漁火點點。今晚，海面風平浪靜，卻更顯孤寂。

「宏道就在此處自願為我犧牲了。為了我這麼一個自私、怨懟、驕傲、充滿心機、不願饒恕的人。我並沒有為他做過任何事，給他帶來過任何好處，而，宏道說他願意，因為他認為我值得……

我哪裡值得?!

我並沒有在他面前證明什麼，事實上，他看到的，都是我敗壞的一面。但是，他仍舊願意愛我……不為什麼，只因為愛，因為我這個朋友！啊！跟宏道比起來，我的生命多麼不值、多麼破碎！」

2

志剛低頭思量片刻，深吸一口迎面而來的海風，然後，堅決地展開雙臂，雙腿一屈，縱身躍下！

只見一個「十」字型的身影向下躍飛，直到快接近海面時，雙臂才合攏，整個人像一根柱子垂直入海。

海面上濺起兩束水花，像兩片厚實的雙唇，呼嚨把志剛吞下去後，馬上又若無其事地恢復了平靜。

而海裡，就更寧靜、更死寂了。在俯衝的力量一點一滴被化解的同時，志剛覺得一直以來壓在身上的重擔：愧疚、不安、怨恨、無助、恐懼，也像周圍上升的氣泡一般，一個個地脫落了，離開了，漂走了。他覺得全身好輕鬆、好輕鬆，雖然身體正在下沉，雖然底下沒有馬戲團裡的網，他身上也沒有高空彈跳者的救生繩，但是他感到有一股力量托住他，讓他可以完全交託。

「二十多年前的那一晚，當宏道的身體在波濤洶湧的海裡翻騰時，他在想什麼？惦記的是什麼？是否驚慌失措？他的心情，會不會像我現在一樣，平靜而安詳？」志剛自問。

「劉宏道啊，劉宏道！你這個好傢伙，不愧是一個真真正正的英雄！」

志剛任其身體在海裡載浮載沉。「啊！我被饒恕了。我是深深被愛的！」

「宏道在為我死之前，就已經原諒了我。他為我死，是希望我能因此真正地活！」想到此，志剛如當頭棒喝般驚醒。

「那我現在在幹嘛呢？」

他這才意識到胸腔裡的壓力，一股窒息爆裂的疼痛與難受。

「不行！我不能死！不能讓宏道白白為我犧牲。我必須好好活著！」逐漸模糊的意識這麼告訴他。

隨即，一雙癱軟的手開始划動，雙腳開始踢擺。志剛將頭往上一揚，使出當年游泳校隊的本領，拚命朝水面游去。

3

浪潮如常拍打著海岸，一波接著一波。

月光下，有一個身影緩慢地游向岸邊……

第六章　來家裡坐坐吧！

1

「叮咚！叮咚！」自動門打開又關、關了又開。宏道糕餅店人潮絡繹不絕，服務生的「歡迎光臨」聲此起彼落。

櫃臺後，只見志剛像隻忙碌的蜜蜂：清理臺面、摺紙盒、排整糕點。他的態度親切，臉上始終掛著微笑，與一群年輕志工們合作愉快，還邊開著玩笑。

時值每日下午麵包出爐的時間，劉母手持烤盤進來，一個個熱騰騰、香味四溢、圓胖的特製波羅麵包，把來客「饞」得食指大動，垂涎欲滴。

志剛戴上手套，趕忙將燙手的烤盤從劉母手中接過來。在將麵包擺上展示架之前，他先搬來一把椅子讓劉母坐下。

「辛苦了！」他體貼地說，隨即奉上茶杯，「哪！我幫你泡好的茶。」說完，轉身繼續手邊的工作。

在一旁幫忙的佳慧，斜眼瞥過來看了看，興高采烈地繞到劉母身後，貼住她耳朵說：「阿剛最近好奇怪，好端端地就把臺北的工作辭了，不管公司怎麼加薪慰留，他都不動心。然後他又宣布要搬到南部來。以前，他是打死都不到臺中以南的地方的！最奇怪的是：他突然會噓寒問暖，連講話都變得客客氣氣，滿口『請』呀、『對不起』的，害我好不習慣。剛才他還想餵我吃他烤的蛋糕呢！從來沒見過他這麼體貼。妳看，他該不會是中邪了吧？」

劉母捧著手中溫熱的茶杯，滿足安慰地微笑說：「沒的事！他只是脫胎換骨了！」

「妳知道嗎？」佳慧藏不住心裡的喜悅，「他去臺北接我過來時，在路上還做了一件我做夢都想不到的事！」

劉母用疑惑的眼神鼓勵佳慧說下去。

「阿剛他……他向我求婚了！」佳慧沒察覺到自己滿臉通紅。

劉母高興地擁抱佳慧，佳慧卻不由自主地紅了雙眼。兩個女人滿意地望向櫃臺後熱情招呼客人的志剛。

2

店門外，聞香下馬的顧客排了一長龍，個個進門後搶劫似地，爭先恐後夾好了糕點與麵包，端著盤子準備付帳。志剛手腳俐落，收銀找錢一點也不含糊。

「剛剛還出大太陽，現在卻突然颳大風，好像要變天了！」顧客看志剛態度親切，順口和他聊聊。

「是嗎？希望不要下大雨才好，我還打算帶未婚妻去看電影呢！」

志剛邊說邊順著隊伍往外瞧。突然，他的臉一怔，驚訝全寫在臉上！原來，隊伍裡有個熟悉的面孔，雖然額前的髮線向後倒退許多，雙下巴也出現了，志剛卻依然一眼認出來——他的哥哥！

「糟糕！」

沒想到會這麼快就碰到哥哥，志剛覺得自己還沒有完全做好心理準備。但是，只剩下兩三個人就輪到哥哥了，他總不好藉故落跑。到時候兄弟倆面對著面，會是一番什麼光景呢？

暗地裡，志剛希望哥哥不會在劉家的店裡大發脾氣。心裡思忖著，手下包糕餅盒的速度不知不覺便慢了下來。但是不論怎麼慢，終究，哥哥還是移步過來了。

無獨有偶地，哥哥顯然也對這個不期然的重逢感到尷尬不自在。兩人都小心翼翼地，不敢作聲。

這時，排在哥哥身後的女子探出頭來，志剛這才發現：那女子竟是小喬！雖然當年的長髮已經剪成俏麗的赫本頭，但是當初那張讓他魂牽夢縈的臉，卻不可能輕易被忘記。不同的是：她當年的稚嫩已經消失無蹤，如今換上的是成熟嫵媚的韻味。

聽劉母說，小喬在三年前嫁給了志剛的哥哥，現在算是他的嫂子了。

嫂子？多麼陌生的稱呼！不僅是因為稱謂透露出親屬關係，更因為這種身分的轉變，實在讓志剛感到不習慣。他想起二十年前那個致命的星期五，自己在窺見哥哥與小喬萌發愛苗之後，盛怒下喪失了理智。然後，是二十年來多少人受苦受難的歲月！

「但是，舊事已經過去，我是新造的人了！」志剛決定不再讓過去的荒唐罪過阻礙他這個宏道做替罪羊換來的新生命。

「勇敢面對吧！」他下定決心。「是該把舊恩怨釐清的時候了。」

心裡這麼想，臉上的表情便不再緊繃。他細心地幫哥哥、嫂嫂包著選好的糕餅盒子，還特地綁上漂亮的緞帶，然後恭恭敬敬地把盒子交給哥哥。

志剛的哥哥似乎在搜索適當的應對與措詞，一隻手胡亂在西裝褲裡東摸西摸，就是抽不出皮夾來。

看見丈夫的窘狀，小喬客氣地、就事論事般率先開口問：「多少錢？」語氣中異常的高音洩漏出她也一樣緊張與不安。畢竟，她沒有忘記當年那個被自己玩弄在手掌心的小伙子！

此時，收銀機「叮！」了一聲。志剛抓起發票，在空中打一個迴旋，最後卻收到自己的口袋裡。

「算在我頭上吧！」他扮了一個鬼臉，俏皮地說。

原本帶有幾分戒心、不太肯定的哥哥，這下更是丈二金剛摸不著頭。但是志剛和善的面容引起他的好奇，這樣善意的臉，他不記得曾經在弟弟身上見過。而且——

「他什麼時候對著我笑過?!」

志剛的爽朗不僅讓他意外，更讓他不知所措。再仔細看看弟弟的臉，他確定再也找不到過往的憤怒與恨意。

漸漸地，他感染到志剛營造的輕鬆氣氛，驚愕的臉上終於露出了笑容。

「什麼時候回來的？」他關心地問。隨即牽起小喬的手，對志剛說：「有空來家裡坐嘛！」

小喬也在一旁猛點頭。

志剛咧齒一笑，毫無保留地回答：「沒問題！明天如何？」

感謝

在此特別感謝彭鏡禧教授的支持與鼓勵，他在百忙中仍然抽空細心閱讀、改正、提供意見，讓這個故事擁有現在的樣貌。彭老師如父愛般的關懷，持續關注本書的出版，讓我銘記在心。

感謝我的德藉丈夫，雖然他不懂中文，但是願意耐心聆聽。是他的肯定與讚賞，加強了我發表作品的信心。

感謝秀威出版社與編輯群的努力，讓《躍崖》得以問世，與更多的讀者見面。

區曼玲

少年文學08　PG1035

躍崖

作者／區曼玲
責任編輯／林千惠
圖文排版／張慧雯
封面設計／秦禎翊
出版策劃／秀威少年
製作發行／秀威資訊科技股份有限公司
114 台北市內湖區瑞光路76巷65號1樓
電話：+886-2-2796-3638
傳真：+886-2-2796-1377
服務信箱：service@showwe.com.tw
http://www.showwe.com.tw

郵政劃撥／19563868
戶名：秀威資訊科技股份有限公司
展售門市／國家書店【松江門市】
104 台北市中山區松江路209號1樓
電話：+886-2-2518-0207
傳真：+886-2-2518-0778

網路訂購／秀威網路書店：http://www.bodbooks.com.tw
國家網路書店：http://www.govbooks.com.tw
法律顧問／毛國樑　律師

總經銷／聯寶國際文化事業有限公司
221新北市汐止區康寧街169巷27號8樓
電話：+886-2-2695-4083
傳真：+886-2-2695-4087

出版日期／2013年8月　BOD一版　**定價**／240元
ISBN／978-986-89521-2-6

秀威少年
SHOWWE YOUNG

國家圖書館出版品預行編目

躍崖 / 區曼玲著. -- 一版. -- 臺北市 : 秀威少年,
2013. 08
面； 公分
ISBN 978-986-89521-2-6 (平裝)

859.6 102013210

讀者回函卡

感謝您購買本書，為提升服務品質，請填妥以下資料，將讀者回函卡直接寄回或傳真本公司，收到您的寶貴意見後，我們會收藏記錄及檢討，謝謝！

如您需要了解本公司最新出版書目、購書優惠或企劃活動，歡迎您上網查詢或下載相關資料：http:// www.showwe.com.tw

您購買的書名：＿＿＿＿＿＿＿＿＿＿＿＿＿＿＿＿＿＿＿＿

出生日期：＿＿＿＿＿年＿＿＿＿＿月＿＿＿＿＿日

學歷：□高中（含）以下　□大專　□研究所（含）以上

職業：□製造業　□金融業　□資訊業　□軍警　□傳播業　□自由業

□服務業　□公務員　□教職　□學生　□家管　□其它＿＿＿

購書地點：□網路書店　□實體書店　□書展　□郵購　□贈閱　□其他

您從何得知本書的消息？

□網路書店　□實體書店　□網路搜尋　□電子報　□書訊　□雜誌

□傳播媒體　□親友推薦　□網站推薦　□部落格　□其他＿＿＿＿＿

您對本書的評價：（請填代號　1.非常滿意　2.滿意　3.尚可　4.再改進）

封面設計＿＿　版面編排＿＿　內容＿＿　文／譯筆＿＿　價格＿＿

讀完書後您覺得：

□很有收穫　□有收穫　□收穫不多　□沒收穫

對我們的建議：＿＿＿＿＿＿＿＿＿＿＿＿＿＿＿＿＿＿＿＿

＿＿＿＿＿＿＿＿＿＿＿＿＿＿＿＿＿＿＿＿＿＿＿＿＿＿

＿＿＿＿＿＿＿＿＿＿＿＿＿＿＿＿＿＿＿＿＿＿＿＿＿＿

＿＿＿＿＿＿＿＿＿＿＿＿＿＿＿＿＿＿＿＿＿＿＿＿＿＿

請貼
郵票

11466
台北市內湖區瑞光路 76 巷 65 號 1 樓
秀威資訊科技股份有限公司 收
BOD 數位出版事業部

(請沿線對折寄回，謝謝！)

姓　　名：__________ 年齡：______ 性別：□女　□男

郵遞區號：□□□□□

地　　址：__________

聯絡電話：(日)__________ (夜)__________

E-mail：__________